·国学精粹摘要·

潘洁茹◎编

陕西师范大学出版总社 西安

图书代号　WX25N0847

图书在版编目（CIP）数据

红楼梦诗词 / 潘洁茹编. -- 西安 : 陕西师范大学出版总社有限公司, 2025. 3. -- ISBN 978-7-5695-5591-2

Ⅰ. I207.411

中国国家版本馆CIP数据核字第2025637C7X号

红楼梦诗词

HONGLOUMENG SHICI

潘洁茹 编

出 版 人　刘东风
出版统筹　杨　沁
特约编辑　白雪英
责任编辑　王　越
责任校对　刘田菁
封面设计　刘　添
出版发行　陕西师范大学出版总社
（西安市长安南路199号　邮编　710062）
网　　址　http://www.snupg.com
印　　刷　唐山市铭诚印刷有限公司
开　　本　787 mm×1092 mm 1/32
印　　张　4
字　　数　60千
版　　次　2025年3月第1版
印　　次　2025年3月第1次印刷
书　　号　ISBN 978-7-5695-5591-2
定　　价　19.80元

总序

“国学”一词，古已有之。《周礼·春官·乐师》中记载：“乐师掌国学之政，以教国子小舞。”这里的“国学”指的是国家设立的学校。近代以来，随着西学东渐，为了与来自西方的学术体系相区别，人们将中国传统的学术文化称为国学。

从广义上来说，国学涵盖了中国古代的哲学、史学、宗教学、文学、礼俗学、考据学、伦理学、中医学、农学、术数、地理、政治、经济以及书画、音乐、建筑等诸多方面。它是中华民族在数千年的历史发展中形成的独特的文化体系，反映了中华民族的价值观念、思维方式和生活方式。

国学经典，乃中华民族数千年文明之精粹，是古圣先贤智慧与思想之结晶。它们宛如璀璨星辰，在历史的长河中熠熠生辉，照亮了中华儿女前行的道路。

《论语》有云：“学而时习之，不亦说乎？”国学经典的魅力正在于此，常读常新，每一次的研读与领悟，都能带来新的启示与愉悦。《诗经》开篇即言：“关关雎鸠，在河之洲。窈窕淑女，君子好逑。”其以质朴而优美的语言，描绘了爱情的纯真与美好。又如“蒹葭苍苍，白露为霜。所谓伊人，在水一方”，那缥缈朦胧的意境，让人陶醉其中，感受到古人对美好情感的追求与向往。

《庄子》中“天地与我并生，而万物与我为一”，这种宏大而超脱的境界，让我们思考人与自然的关系，追求心灵的自由与宁静；《孟子》中的“富贵不能淫，贫贱不能移，威武不能屈”，塑造了中华民族坚韧不拔、坚守气节的高尚品格。这些经典，蕴含着深刻的道德教诲和人生哲理，如同一盏盏明灯，指引着我们在人生的旅途中坚守正道，秉持良知。

“大漠孤烟直，长河落日圆”，王维的诗句让我们领略到塞外的雄浑与壮丽；“会当凌绝顶，一览众山小”，杜甫的豪情壮志激励着我们勇攀高峰，追求卓越。唐诗宋词，繁花似锦，或豪放，或婉约，或激昂，或沉郁，将世间万象、人生百态尽纳其中。

《三字经》里“人之初，性本善。性相近，习相远”的启蒙，为孩童开启了道德与知识的大门；《百家姓》则集百家姓氏于一册，“赵钱孙李，周吴郑王”，不仅反映了中国姓氏文化的源远流长，更体现了家族传承和血脉延续的重要意义。

如此种种，不胜枚举。

国学经典不仅是文学艺术的瑰宝，更是中华民族精神脊梁。它们承载着历史的记忆，传承着民族的文化基因。在当今全球化的时代背景下，我们更应珍视这些经典，从中汲取智慧和力量。

为了弘扬国学，使更多的人了解中国传统文化的精粹，我们精心编纂了这套“国学精粹摘要”。这套书精选了传统文化中的典范之作，于经、史、子、集中选取精华部分，予以汇编。编者力图通过这套书，为读者打造一条走进国学的画廊，让读者感受国学独到的智慧。

“路曼曼其修远兮，吾将上下而求索。”正如屈原所言，我们对国学经典的探索与传承之路永无止境。愿国学经典之花永远绽放，芬芳四溢，润泽千秋万代。

目 录

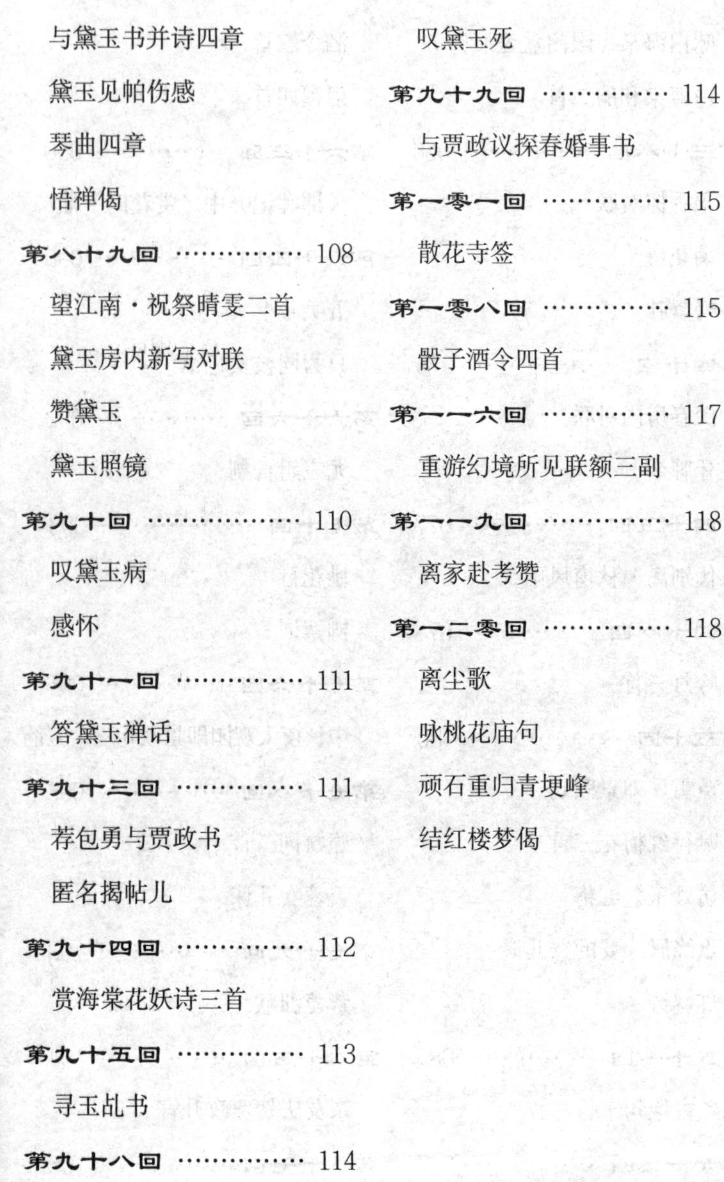

第一回

石上偈

无材可去补苍天，枉入红尘若许年。
此系身前身后事，倩谁记去作奇传？

解析

这是作者表明《石头记》创作缘由的一首序诗。作者虚构空空道人见青埂峰下有一块顽石，上面记着它被携入红尘后的经历见闻，后面又有一偈，就是这首七言绝句。这首诗以顽石的口吻道来，既点明了全书的缘起，也奠定了悲剧基调。首句“无材可去补苍天”化用“女娲补天”的典故，暗指顽石（或作者）虽有灵性，却无补天之才，隐有怀才不遇的无奈与自嘲。次句“枉入红尘若许年”揭示了顽石堕入凡尘的经历，也暗示了作者对人生虚度的感慨。后两句“此系身前身后事，倩谁记去作奇传”则寄托了作者对《红楼梦》传世的期望，希望其能成为记录人生真相的“奇传”。

有评论指出，此诗以顽石为喻，既是对贾宝玉命运的预示，也是对作者自身命运的隐喻。诗中“无材”“枉入”等词，既是对顽石命运的总结，也是对封建社会中个体无力改变命运的深刻反思。《石上偈》不仅是全书开篇的点题之作，也为后续情节埋下伏笔，体现了《红楼梦》虚实结合的艺术特色，具有极高的思想与艺术价值。

自题一绝

满纸荒唐言，一把辛酸泪！
都云作者痴，谁解其中味？

解析

在小说的楔子中，作者假托小说的底稿是空空道人从石头上抄来的，而这首诗则是小说中作者以自己身份来写的唯一的一首诗。这首诗以自述的形式，既概括了《红楼梦》的创作特点，也表达了作者对命运的深刻思考。首句“满纸荒唐言”表面自嘲书中内容为“荒唐”，实则暗含对封建社会的讽刺与批判；次句“一把辛酸泪”点明了作者创作时的悲凉心境，既是对书中人物命运的哀叹，也是对自身境遇的感怀。后两句“都云作者痴，谁解其中味”则揭示了作者对读者理解力的期待，同时也暗示了作品的深刻性与复杂性。

《自题一绝》不仅是全书开篇的点睛之笔，也为读者理解《红楼梦》的深刻内涵提供了重要线索，体现了作者对人生与社会的深刻思考。

太虚幻境对联

假作真时真亦假，无为有处有还无。

解析

这副对联以简洁的语言揭示了《红楼梦》虚实相生的艺术特色与哲学思考。上联“假作真时真亦假”点明了真与假的辩证关系，暗示书中虚幻与现实交织的主题；下联“无为有处有还无”则进一步探讨了“有”与“无”的哲学命题，揭示了人生与世界的虚幻本质。

作者用高度概括的哲理化语言，提醒大家读此书要辨清什么是真的、有的，什么是假的、无的，从而能不惑于假象，得到真意。

嘲甄士隐（癞头和尚）

惯养娇生笑你痴，菱花空对雪澌澌。
好防佳节元宵后，便是烟消火灭时。

解析

这首诗以嘲讽的口吻预示了甄士隐的悲剧命运。首句“惯养娇生笑你痴”点明甄士隐对女儿英莲的溺爱，并暗示其因痴（性格单纯）而忽视现实的危机。次句“菱花空对雪澌澌”以“菱花”喻英莲，以“雪澌澌”象征命运的冷酷，预示了英莲被拐的悲剧。后两句“好防佳节元宵后，便是烟消火灭时”则直接点出甄士隐家破人亡的命运转折。

现代红学家周汝昌指出，此诗不仅是对甄士隐个人命运的揭示，更是对整个小说主题和人物命运的隐喻。《嘲甄士隐》以简洁的语言，深刻揭示了命运的无常与人生的虚幻，为全书悲剧主题埋下伏笔。

中秋对月有怀口占一律（贾雨村）

未卜三生愿，频添一段愁。
闷来时敛额，行去几回头。
自顾风前影，谁堪月下俦？
蟾光如有意，先上玉人楼。

解析

这首诗表达了贾雨村在中秋之夜对未来的迷茫与对爱情的渴望。首联“未卜三生愿，频添一段愁”点明了他对前途未卜的忧虑与对甄家丫鬟娇杏的思念。颔联“闷来时敛额，行去几回头”以动作描写展现其内心的纠结与无奈。颈联“自顾风前影，谁堪月下俦”则通过孤独的身影，表达了对知己的渴望。尾联“蟾光如有意，先上玉人楼”以月光寄托情思，暗示了他对娇杏的深情。

本诗以细腻的语言，深刻揭示了贾雨村的内心世界，为全书人物塑造与情节发展提供了重要线索。

咏怀一联（贾雨村）

玉在椟中求善价，钗于奁内待时飞。

解析

上联“求善价”化用《论语》“待贾而沽”，却将道德判断的“贾（价）”偷换为经济衡量的“价”，解构了儒家“有道则仕”的理想。下联引入道教传说（郭宪《洞冥记》中玉钗化燕），将仕途机遇神秘化为宿命安排。这种儒道话语的并置，揭示出贾雨村投机主义人格的形成机制——以道统自饰，行功利之实。曹雪芹通过对贾雨村这个“国贼禄鬼”形象的塑造，表达对科举异化的批判：当“善价”取代“善贾”，“时飞”置换“时命”，知识分子的精神家园便如椟中玉、奁中钗，沦为权力市场的待价商品。这种批判在当代知识经济语境中仍具警示意义。

对月寓怀口号一绝（贾雨村）

时逢三五便团圆，满把晴光护玉栏。
天上一轮才捧出，人间万姓仰头看。

解析

此诗以中秋月圆为背景，描绘了人间团圆的景象，并暗含了贾雨村对未来的美好期许。贾雨村的所谓抱负，就是一旦时机成熟，踏进封建官场，可以声威赫赫，高居于万人之上。他自比明月，希望一朝得志，便能光宗耀祖，让天下人仰视。此诗气势不凡，展现了贾雨村的抱负与野心，同时也揭示了其功利之心。历史上较为主流的评论认为，此诗与贾雨村的人物形象相得益彰，是《红楼梦》中诗词艺术的佳作之一。

好了歌（跛足道人）

世人都晓神仙好，惟有功名忘不了！
古今将相在何方？荒冢一堆草没了。
世人都晓神仙好，只有金银忘不了！
终朝只恨聚无多，及到多时眼闭了。
世人都晓神仙好，只有姣妻忘不了！
君生日日说恩情，君死又随人去了。
世人都晓神仙好，只有儿孙忘不了！
痴心父母古来多，孝顺儿孙谁见了？

解析

《好了歌》出自《红楼梦》第一回，由跛足道人所唱，揭示了全书“万般皆空”的主题。诗中反复强调“好”与“了”的关系，指出世人追逐功名、财富、爱情、亲情等，最终皆是虚幻，唯有放下执念，方能解脱。此诗语言通俗，却蕴含深刻的佛道思想，与《红楼梦》全书悲剧基调相呼应。

评论认为，《好了歌》不仅是全书主旨的概括，也是对封建社会中人性欲望的深刻批判。它通过“好”与“了”的对比，揭示了人生无常、繁华易逝的哲理，暗示了贾府由盛转衰的命运，以及宝玉等人物的最终归宿。诗歌简洁有力，寓意深远，成为《红楼梦》中极具代表性的思想精华。

好了歌注（甄士隐）

陋室空堂，当年笏满床；衰草枯杨，曾为歌舞场。蛛丝儿结满雕梁，绿纱今又糊在蓬窗上。说什么脂正浓、粉正香，如何两鬓又成霜？昨日黄土陇头送白骨，今宵红灯帐底卧鸳鸯。金满箱，银满箱，展眼乞丐人皆谤。正叹他人命不长，那知自己归来丧！训有方，保不定日后作强梁。择膏粱，谁承望流落在烟花巷！因嫌纱帽小，致使锁枷扛；昨怜破袄寒，今嫌紫蟒长：乱烘烘你方唱罢我登场，反认他乡是故乡。甚荒唐，到头来都是为他人作嫁衣裳。

解析

《好了歌注》出现在《红楼梦》第一回，是甄士隐对跛足道人所唱《好了歌》的注解。与《好了歌》的通俗直白相比，《好了歌注》以更为细腻的语言，进一步表达了人世无常、荣华富贵皆虚幻的虚无主义论调。诗中列举功名、财富、亲情等世俗追求最终皆化为泡影，呼应了《红楼梦》“万般皆空”的主题。

评论认为，《好了歌注》不仅是对《好了歌》的深化，更是对全书悲剧命运的预示。它通过具体场景的描绘，展现了封建社会中人们追逐名利、权势的虚妄，暗示了贾府由盛转衰的必然结局。同时，甄士隐的注解也反映了作者曹雪芹对人生的深刻思考，表达了对世俗欲望的批判与超脱。这首诗与《好了歌》相辅相成，成为《红楼梦》思想内核的重要体现。

第二回

娇杏赞

偶因一着错，便为人上人。

解析

《娇杏赞》出现在《红楼梦》第二回，是对甄家丫鬟娇杏的赞词。小说中描绘娇杏“生得仪容不俗，眉目清明，虽无十分姿色，却亦有动人之处”，只因偶然回头看了贾雨村两眼，最终“便为人上人”。此赞语语言简练，写出小说作者对命运无常的感慨。

主流评论认为，《娇杏赞》不仅是对娇杏个人的赞美，更折射出封建社会中女性命运的偶然性与脆弱性。娇杏因偶然被贾雨村看中，从丫鬟变为官太太，看似幸运，实则仍是男权社会中被动依附的象征。这一情节与《红楼梦》中其他女性角色的悲剧命运形成对比，揭示了封建制度下女性无法掌控自身命运的普遍现实。

智通寺对联

身后有余忘缩手，眼前无路想回头。

解析

《智通寺对联》出现在《红楼梦》第二回，是贾雨村在智通寺门前所见。这副对联语言凝练，却蕴含深刻的人生哲理，揭示了人性中贪婪与悔悟的矛盾。

这副对联不仅是对贾雨村个人命运的隐喻，也是对《红楼梦》整体主题的概括。上联“身后有余忘缩手”讽刺了世人贪得无厌、不知节制的本性，下联“眼前无路想回头”则揭示了当困境来临时才追悔莫及的普遍现象。这与贾府由盛转衰及贾宝玉等人物的命运轨迹相呼应，暗示了封建贵族阶级的没落与人生的虚幻。寺名“智通”，大概是说这副对联中所说的人生道理只有智者能通达。

此外，对联的出现也标志着贾雨村仕途的转折点，预示了他日后在官场中的沉浮与迷失。对联出现在作为佛门清净之地的智通寺，警示意义更显深刻，体现了《红楼梦》对世俗欲望的批判与对人生哲理的深刻思考。

第三回

荣禧堂对联

座上珠玑昭日月，堂前黼黻（fǔ fú）焕烟霞。

解析

《荣禧堂对联》出现在《红楼梦》第三回，是荣国府正堂荣禧堂上悬挂的一副对联。这副对联以华丽的辞藻描绘了荣国府的显赫与富贵，珠玑、黼黻象征着权势与地位。

这副对联不仅是贾府鼎盛时期的写照，也暗含了其衰落的伏笔。上联“座上珠玑昭日月”展现了荣国府宾客盈门、权势煊赫的盛况，下联“堂前黼黻焕烟霞”则暗示了这种繁华如烟霞般虚幻易逝。这与《红楼梦》整体“盛极必衰”的主题相契合，预示了贾府日后由盛转衰的命运。荣禧堂作为荣国府权力的象征，对联的存在既是对其地位的彰显，也是对其衰落的隐喻，体现了《红楼梦》对封建家族命运的深刻反思。

西江月二首

无故寻愁觅恨，有时似傻如狂。纵然生得好皮囊，腹内原来草莽。　潦倒不通世务，愚顽怕读文章。行为偏僻性乖张，那管世人诽谤！

富贵不知乐业，贫穷难耐凄凉。可怜辜负好韶光，于国于家无望。　天下无能第一，古今不肖无双。寄言纨袴与膏粱，莫效此儿形状！

解析

林黛玉初见贾宝玉，作者对宝玉的外貌做了一番描绘，继而借词的形式对贾宝玉性格与命运进行调侃与概括。第一首写宝玉

“无故寻愁觅恨，有时似傻如狂”，第二首则称其“天下无能第一，古今不肖无双”。这两首词以戏谑的口吻，刻画了宝玉叛逆、不羁的形象，同时也暗示了他与封建礼教的格格不入。

评论认为，这两首词不仅是宝玉性格的生动写照，也是对他悲剧命运的预示。词中“天下无能第一，古今不肖无双”等句，表面是嘲讽，实则暗含对宝玉反抗封建礼教、追求个性解放的肯定。宝玉的“不通世务”与“怕读文章”，正是他对功名利禄的厌弃，以及对自由与真情的向往。作者用反面文章把贾宝玉作为一个封建叛逆者的思想、性格，概括地揭示了出来。这与《红楼梦》批判封建制度、歌颂人性解放的主题相契合。此外，这两首词也反映了作者对宝玉的复杂情感：既调侃其“不肖”，又隐晦地赞赏其叛逆精神。

赞林黛玉

两弯似蹙（cù）非蹙罥（juàn）烟眉，一双似泣非泣含露目。态生两靥之愁，娇袭一身之病。泪光点点，娇喘微微。闲静时如姣花照水，行动处似弱柳扶风。心较比干多一窍，病如西子胜三分。

解析

这是宝黛初会时，贾宝玉眼中的林黛玉形象，语言细腻，形象生动，刻画了黛玉独特的外貌与神韵。林黛玉多愁善感，体弱多病。这既与她身世孤单，精神上受环境的压抑有关，也反映了她贵族小姐本身的脆弱性。

评论认为，《赞林黛玉》不仅是对黛玉外貌的赞美，更是对她性格与命运的暗示。诗中的“愁”与“病”二字，既表现了黛玉多愁善感、体弱多病的特质，也预示了她悲剧性的人生结局。黛玉的柔弱与孤傲，正是她与封建礼教格格不入的体现，而她的

“愁”与“病”则象征了她对自由与真情的追求在现实中的无力与压抑。

此外，这段赞文也反映了宝玉与黛玉之间深厚的情感纽带。宝玉眼中的黛玉是如此形象，不仅表现了宝玉对她外表的欣赏，更表现了对她内在精神的认同。这种情感与《红楼梦》歌颂人性解放、批判封建礼教的主题相呼应，使黛玉这一形象更具悲剧色彩与艺术魅力。

第四回

护官符

贾不假，白玉为堂金作马。阿房宫，三百里，住不下金陵一个史。东海缺少白玉床，龙王来请金陵王。丰年好大雪，珍珠如土金如铁。

解析

这是一首以俗语形式写成的民谣，列举了贾、史、王、薛四大家族的权势与富贵。如“贾不假，白玉为堂金作马”等句，生动描绘了四大家族的显赫地位与奢靡生活。

评论认为，《护官符》不仅是对四大家族权势的概括，也暗含了对其衰落的讽刺与警示。民谣以夸张的语言展现了四大家族的富贵与权势，但这种极致的描写反而凸显了其虚幻与脆弱。四大家族的权势并非建立在德行与功业之上，而是依靠互相勾结与利益交换。这种对封建贵族阶级的批判，正是《红楼梦》思想深度的重要体现。这与《红楼梦》整体“盛极必衰”的主题相契合，预示了四大家族日后没落的命运。

另外，《红楼梦》以四大家族（主要通过贾府）的兴衰作为全书的中心线索，“护官符”暗示了这一情节结构。

第五回

春困葳蕤拥绣衾

春困葳蕤拥绣衾，恍随仙子别红尘。
问谁幻入华胥境，千古风流造孽人。

解析

第五回主要描写了贾宝玉梦游太虚幻境，这是开篇作者所题之诗，写宝玉梦游之事。诗中“春困葳蕤拥绣衾”描绘了秦可卿闺房的奢华与梦幻，烘托出一种旖旎而虚幻的氛围。整首诗也暗示出秦可卿是贾宝玉性意识觉醒的催化者和引路人。

此外，这首诗也反映了《红楼梦》对封建贵族阶级奢靡生活的批判。秦可卿房中的奢华陈设，正是贾府腐朽生活的缩影，与其后贾府的衰败形成鲜明对比。诗中的虚幻氛围与悲剧暗示，使这首诗成为《红楼梦》中极具象征意义的诗词之一。

宁府上房对联

世事洞明皆学问，人情练达即文章。

解析

这副对联不仅是宁国府生活氛围的写照，也暗含了对封建礼教的讽刺。上联“世事洞明皆学问”强调了对世俗规则的掌握，下联“人情练达即文章”则突出了对人际关系的娴熟运用。这种处世哲学看似高明，实则反映了封建社会中虚伪与功利的一面。贾府中许多人精于此道，却未能避免家族的衰败，暗示了这种价值观的局限性。

此外，对联的出现也为后文宁国府的腐败与没落埋下伏笔。宁国府的奢华与虚伪，正是封建贵族阶级腐朽生活的缩影。今人多引用这副对联来说明多参加社会实践、多观察了解现实生活，从而掌握一些书本上学不到的知识的重要性，则是从不同角度出发，赋予其以新的含义了。

秦氏卧房宋学士秦太虚所书对联

嫩寒锁梦因春冷，芳气笼人是酒香。

解析

这一联是宝玉到秦氏房中所见，对联在明代画家唐寅（伯虎）画的《海棠春睡图》（画杨贵妃醉态）的两旁。这副对联以细腻的笔触描绘了秦可卿卧房的氛围，嫩寒、芳气、春冷、酒香等意象交织，营造出一种旖旎而虚幻的感觉。

评论认为，这副对联不仅是对秦可卿生活环境的描写，也暗示了她悲剧性的命运。上联“嫩寒锁梦因春冷”以春寒喻示秦可卿内心的孤寂与压抑，下联“芳气笼人是酒香”则以酒香象征她生活中的奢靡与虚幻。这种氛围与秦可卿的身份和命运相呼应，预示了她与贾珍之间不伦关系的悲剧结局。

春梦歌（警幻仙姑）

春梦随云散，飞花逐水流。
寄言众儿女，何必觅闲愁。

解析

宝玉在秦氏房中梦入幻境，听见山后有女子唱这首歌。诗中“春梦随云散，飞花逐水流”以春梦、飞花为喻，描绘了人生短暂、繁华易逝的虚幻景象，表达了“万般皆空”的哲理。

评论认为，《春梦歌》不仅是贾宝玉梦境中的一部分，也是《红楼梦》整体主题的象征。诗中的“春梦”与“飞花”象征着人世间的荣华富贵与情感纠葛，而“随云散”与“逐水流”则暗示了这一切终将消散无踪。这与《红楼梦》中贾府的兴衰、宝黛爱情的悲剧相呼应，揭示了人生无常、繁华虚幻的主题。作者借仙子的唱词，对将来大观园众儿女风流云散、花飞水逝的命运先作预言。在艺术上，它有总摄全书情节的作用。诗中的虚幻景象暗示了封建贵族阶级的奢靡生活终将走向没落，而警幻仙子的演唱则带有超脱尘世的意味。

警幻仙姑赋

方离柳坞，乍出花房。但行处，鸟惊庭树；将到时，影度回廊。仙袂乍飘兮，闻麝兰之馥郁；荷衣欲动兮，听环佩之铿锵。靥笑春桃兮，云堆翠髻；唇绽樱颗兮，榴齿含香。纤腰之楚楚兮，回风舞雪；珠翠之辉辉兮，满额鹅黄。出没花间兮，宜嗔宜喜；徘徊池上兮，若飞若扬。蛾眉颦笑兮，将言而未语；莲步乍移兮，待止而欲行。羡彼之良质兮，冰清玉润；慕彼之华服兮，闪灼文章。爱彼之貌容兮，香培玉琢；美彼之态度兮，凤翥（zhù）龙翔。其素若何？春梅绽雪。其洁若何？秋菊被霜。其静若何？松生空谷。其艳若何？霞映澄塘。其文若何？龙游曲沼。其神若何？月射寒江。应惭西子，实愧王嫱。奇矣哉！生于孰地，来自何方？信矣乎！瑶池不二，紫府无双。果何人哉？如斯之美也！

解析

这篇赋是描写贾宝玉梦中所遇见的警幻仙姑的风姿容貌的。《警幻仙姑赋》是《红楼梦》中极具浪漫色彩的篇章，作者以华丽辞藻勾勒出警幻仙姑的超凡形象。“方离柳坞，乍出花房。但行处，鸟惊庭树；将到时，影度回廊。”用灵动笔触展现其身姿轻盈，自仙境翩然而至。

胡适考证《红楼梦》时，强调其写实性，这篇赋虽写仙子，却也侧面反映出曹雪芹对美好形象的极致追求。赋中借仙子形象，映射出书中众多女子的美好，是对红楼女儿们的礼赞，同时也暗示着一切美好终如梦幻泡影，充满了对人生无常的喟叹。

孽海情天对联

厚地高天，堪叹古今情不尽。

痴男怨女，可怜风月债难偿。

解析

这是太虚幻境中的一副对联。这副对联以“情”为核心，揭示了人世情感的复杂与无奈。上联“厚地高天”展现了情感的广阔与永恒，下联“痴男怨女”则点明了情感的纠缠与痛苦。

评论认为，这副对联不仅是太虚幻境的题旨，也是《红楼梦》情感主题的概括。它暗示了书中人物如宝黛等人的爱情悲剧，以及封建礼教对人性情感的压抑。对联中的“情不尽”与“债难偿”揭示了情感的无法解脱，体现了作者对人性与命运的深刻思考。

薄命司对联

春恨秋悲皆自惹，花容月貌为谁妍。

解析

这是太虚幻境中薄命司的对联。这副对联以“恨”与“悲”为基调，揭示了封建时代女性命运的悲剧性。上联“春恨秋悲”暗示了封建时代女性情感的无奈与自伤，下联“花容月貌为谁妍”则点明了她们美貌的虚幻与无意义。

评论认为，这副对联是对《红楼梦》中女性悲剧命运的总结。它暗示了黛玉、晴雯等人物的悲惨结局，揭示了封建社会中女性无法掌控自身命运的普遍现实。对联中的“自惹”与“为谁妍”带有强烈的讽刺意味，批判了封建礼教对女性的压迫与束缚。这副对联以其深刻的悲剧意识，成为《红楼梦》女性主题的重要体现。

金陵十二钗图册判词

又副册判词之一

霁月难逢，彩云易散。心比天高，身为下贱。风流灵巧招人怨。寿夭多因诽谤生，多情公子空牵念。

解析

这是一首写晴雯的判词，开头“霁月难逢，彩云易散”以自然景象比喻晴雯的高洁与悲剧命运。“霁月”象征晴雯的纯洁与孤傲，“彩云”则暗示她生命的短暂与脆弱。后文“心比天高，身为下贱”点明了晴雯虽身份卑微，却心志高远，与封建等级制度的冲突注定了她的悲剧结局。

这首判词不仅概括了晴雯的性格与命运，也揭示了封建社会中底层女性的悲惨处境。晴雯的“心比天高”是对封建礼教的反抗，而“身为下贱”则暴露了封建制度的残酷。她的悲剧是《红楼梦》中女性命运的一个缩影，体现了作者对封建等级制度的深刻批判。

又副册判词之二

枉自温柔和顺，空云似桂如兰。
堪羡优伶有福，谁知公子无缘。

解析

这一首是写袭人的判词。开头两句“枉自温柔和顺，空云似桂如兰”以“温柔和顺”“似桂如兰”形容袭人的性格品质，却加以“枉自”与“空云”，暗示她的努力与顺从最终徒劳无功。后文“堪羡优伶有福，谁知公子无缘”则点明了袭人与宝玉有缘无分的结局。

这首判词揭示了袭人作为封建礼教顺从者的悲剧。她的温柔与顺从虽使她获得了一定的地位，却未能改变她命运的走向。判词中的“枉自”与“空云”揭示了封建礼教下女性命运的无奈，而“公子无缘”则暗示了封建社会中个人情感的无力。袭人的命运与晴雯形成对比，共同展现了《红楼梦》对女性命运的深刻思考。

副册判词一首

根并荷花一茎香，平生遭际实堪伤。
自从两地生孤木，致使香魂返故乡。

解析

这是香菱的判词。此诗以荷花的清香比喻香菱的本性纯洁，暗示她出身不凡，但命运多舛。后两句通过拆字法（“两地生孤木”为“桂”）点明香菱因夏金桂的虐待而香消玉殒，最终魂归故里的悲剧结局。按照曹雪芹本来的构思，她是被夏金桂迫害而死的。

正册判词之一

可叹停机德，堪怜咏絮才。
玉带林中挂，金簪雪里埋。

解析

这是薛宝钗和林黛玉的合判词。前两句分别指代宝钗和黛玉。“停机德”典出乐羊子妻劝学的故事，暗示宝钗劝宝玉求取功名，但最终徒劳无功；“咏絮才”则以谢道韫的才情比喻黛玉的诗才，也写出其命运的令人惋惜。后两句则通过象征手法暗示两人的命运：黛玉泪尽而逝，宝钗孤独终老。

作者将林黛玉与薛宝钗在一首诗中一同提及，除了因为她们在小说中的地位相当外，还通过贾宝玉对她们的不同态度的比较，显示二人命运遭遇虽则不同，最终却都是一场悲剧。

正册判词之二

二十年来辨是非，榴花开处照宫闱。
三春争及初春景，虎兕相逢大梦归。

解析

这首判词暗指贾元春的命运。首句“二十年来辨是非”概括了元春入宫二十年的生活，暗示她在宫廷中经历了无数明争暗斗。次句“榴花开处照宫闱”以榴花象征元春的荣华富贵，却也暗示其盛极而衰的命运。后两句“三春争及初春景，虎兕相逢大梦归”，“三春”暗指迎、探、惜三姐妹，而“初春景”则暗指元春的荣耀富贵。“虎兕相逢”象征宫廷斗争的残酷，最终“大梦归”点明元春的一生如大梦一场。

正册判词之三

才自精明志自高，生于末世运偏消。
清明涕送江边望，千里东风一梦遥。

解析

这是贾探春的判词。此诗描绘了探春的才华与志向，她精明能干，志向高远，曾代凤姐理家，表现出色。然而，她生于贾府末世，命运多舛，最终远嫁他乡，与家人分离。判词中的“清明涕送江边望，千里东风一梦遥”形象地描绘了她远嫁的悲凉场景，表达了她对故乡和亲人的思念。

正册判词之四

富贵又何为？襁褓之间父母违。

展眼吊斜晖，湘江水逝楚云飞。

解析

这是史湘云的判词。湘云出身富贵，却在襁褓中失去父母，成为孤儿。判词中的“展眼吊斜晖，湘江水逝楚云飞”暗示了她婚后生活的短暂与悲凉。湘云性格豪爽开朗，但在封建礼教的束缚下，她的命运同样令人唏嘘。这首判词通过湘云的身世和命运，反映了封建社会中女性的无奈与悲哀。

正册判词之五

欲洁何曾洁，云空未必空。
可怜金玉质，终陷淖泥中。

解析

这是妙玉的判词。“欲洁”“云空”表明妙玉一心追求高洁与佛门空净，可“何曾洁”“未必空”道破其身处尘世，难以真正超脱。她自视甚高，却因出身、身份等局限而“终陷淖泥中”，命运悲惨。主流红学评论多关注妙玉的矛盾性格与悲剧命运，她的高洁是对封建世俗的反抗，却无力挣脱。这首判词深刻揭示了理想与现实的冲突，以及封建礼教对人性的压抑。

正册判词之六

子系中山狼，得志便猖狂。
金闺花柳质，一载赴黄粱。

解析

此为迎春判词。“子系中山狼”把迎春丈夫孙绍祖比作忘恩负义的恶狼，“得志便猖狂”写其婚后对迎春的肆意欺凌。迎春“金闺花柳质”，温柔善良，却在婚后仅一年就被折磨致死。迎春是当时封建包办婚姻制度的牺牲品。俞平伯等学者指出，这首判词展现封建包办婚姻的残酷。迎春成为家族利益的牺牲品，她的悲剧是封建婚姻制度吃人本质的体现，也反映出封建家族中女性毫无自主与反抗能力的悲哀处境。此诗首句“子系中山狼”，巧用拆字法，隐“孙”的繁体字“孫”，粗看不易发觉，结合判词让人恍然大悟。

正册判词之七

勘破三春景不长，缁衣顿改昔年妆。
可怜绣户侯门女，独卧青灯古佛旁。

解析

这是贾惜春的判词。“勘破三春景不长”，惜春从三位姐姐的不幸命运中，预感到贾府大厦将倾，繁华不再。“缁衣顿改昔年妆”表明她决心出家，以佛门的清苦换取内心安宁。主流评论认为，惜春的出家是对腐朽封建家族的绝望逃避，她虽逃过家族覆灭后的劫难，却也失去青春与世俗欢乐，这判词揭示封建末世下，贵族女子为求自保而选择的无奈归宿，尽显世态炎凉。

正册判词之八

凡鸟偏从末世来，都知爱慕此生才。
一从二令三人木，哭向金陵事更哀。

解析

此为王熙凤判词。“凡鸟”合为“凤”（繁体字“鳳”），点出人物。“末世来” 表明她生逢贾府衰败之际。“都知爱慕此生才”肯定其出众才干。“一从二令三人木” 暗示她与贾琏的关系变化及最终被休的结局。前人研究指出，判词展现了王熙凤复杂的一生，她精明能干却又心狠手辣，在贾府操持大权，最终落得悲惨下场，是封建家族兴衰的见证者与牺牲品，揭示了封建制度对人性的扭曲。

正册判词之九

势败休云贵，家亡莫论亲。
偶因济刘氏，巧得遇恩人。

解析

这是巧姐的判词。“势败休云贵，家亡莫论亲”，直白地道出贾府败落时，权势富贵皆空，亲戚间的温情也荡然无存，尽显世态炎凉。曾经高高在上的贾府千金巧姐，在家族崩塌后，命运急转直下。“偶因济刘氏，巧得遇恩人”则点明，王熙凤偶然接济刘姥姥，种下善因，让巧姐在危难之际得到刘姥姥救助，免遭被卖的悲惨命运。巧，语意双关，是凑巧，同时也指巧姐。评论认为，这判词凸显善恶有报的因果循环，展现出小人物在乱世中对贵族后代的救赎，也揭示了封建家族兴衰对子女命运的巨大影响。

正册判词之十

桃李春风结子完，到头谁似一盆兰。
如冰水好空相妒，枉与他人作笑谈。

解析

这是李纨的判词。“桃李春风结子完”，既暗示李纨青春守寡，又表明她生子贾兰。“到头谁似一盆兰”，夸赞贾兰日后功成名就，让李纨母凭子贵。“桃李”藏“李”字，“完”与“纨”谐音。“如冰水好空相妒，枉与他人作笑谈”，李纨一生恪守妇道，虽最终得封诰命，却在青春守寡中度过大半生，一切荣耀不过如梦似幻。主流观点认为，这判词展现封建礼教下女性的无奈与悲哀，李纨看似圆满的结局，实则是青春与幸福的巨大牺牲。

正册判词之十一

情天情海幻情身，情既相逢必主淫。
漫言不肖皆荣出，造衅开端实在宁。

解析

这是秦可卿的判词。“情天情海幻情身”，营造出一个充满虚幻色彩的“情”的世界，暗示秦可卿是“情”的化身，其命运与情感纠葛紧密相连。“情既相逢必主淫”直陈她在情感上的逾矩，影射她与贾珍的不伦关系。“漫言不肖皆荣出，造衅开端实在宁”则将贾府衰败的根源指向宁国府，秦可卿的丑事是贾府腐朽的缩影。脂砚斋批语对其命运的复杂性多有探讨。此判词揭示封建家族内部的糜烂腐朽，暗示封建礼教的虚伪与崩溃，秦可卿的悲剧是时代与家族共同作用的结果。

仙宫房内对联

幽微灵秀地，无可奈何天。

解析

此联悬挂于太虚幻境的仙宫房内。上联“幽微灵秀地”描绘了太虚幻境的神秘与美好，象征理想中的纯净世界；下联“无可奈何天”则点明了现实的无奈与命运的不可抗拒，暗示了书中人物无法逃脱的悲剧命运。

脂砚斋评此联“女儿之心，女儿之境，两句尽矣”，认为其揭示了《红楼梦》“为闺阁立传”的艺术特色。现代红学家周汝昌指出，此对联不仅是对太虚幻境的描写，也是对全书主题的隐喻。它揭示了人生的无常、命运的无奈以及理想与现实的冲突，体现了曹雪芹对人生的深刻洞察和悲悯情怀。

红楼梦曲

引　子

开辟鸿蒙，谁为情种？都只为风月情浓。趁着这奈何天，伤怀日，寂寥时，试遣愚衷。因此上，演出这怀金悼玉的《红楼梦》。

解析

《红楼梦曲》十二支，加上前面的引子和后面的尾声，共十四支曲子。这些曲子同《金陵十二钗图册判词》一样，为了解人物命运、情节发展以及四大家族的彻底覆灭，提供了重要线索。这是开篇的序曲，点明了作品的创作初衷与主题。首句“开辟鸿蒙，谁为情种？”以宏大的宇宙视角引出“情”的主题，暗示书中人物皆为“情种”。次句“都只为风月情浓”点明了“情”的复杂与深刻，既是全书的核心，也是悲剧的根源。后文“趁着这奈何天，伤怀日，寂寥时，试遣愚衷”则表达了作者借创作抒发内心情感的意图。结尾“因此上，演出这怀金悼玉的《红楼梦》”点明了全书的主旨，即对“金玉良缘”与“木石前盟”的怀念与哀悼。“怀金悼玉”中的“金”指代薛宝钗，“玉”指代林黛玉。以薛、林为代表，实际上把“薄命司”的众女儿都包括在内。

终身误

都道是金玉良姻，俺只念木石前盟。空对着，山中高士晶莹雪；终不忘，世外仙姝寂寞林。叹人间，美中不足今方信。纵然是齐眉举案，到底意难平。

解析

这首曲子从贾宝玉婚后仍不忘怀死去的林黛玉，写薛宝钗徒有“金玉良姻”的虚名而实际上则终身寂寞。开篇“都道是金玉良姻，俺只念木石前盟”点明了宝玉对薛宝钗与林黛玉的不同情感，前者是世俗认可的“金玉良姻”，后者是他内心深处的“木石前盟”。后文“空对着，山中高士晶莹雪；终不忘，世外仙姝寂寞林”以“雪”喻宝钗的冷静理智，以“林”喻黛玉的孤高深情，凸显了宝玉内心的挣扎。结尾“叹人间，美中不足今方信。纵然是齐眉举案，到底意难平”则揭示了宝玉对命运的不满与无奈。

枉凝眉

一个是阆苑仙葩，一个是美玉无瑕。若说没奇缘，今生偏又遇着他；若说有奇缘，如何心事终虚化？一个枉自嗟呀，一个空劳牵挂。一个是水中月，一个是镜中花。想眼中能有多少泪珠儿，怎经得秋流到冬尽，春流到夏！

解析

这首曲子写宝、黛爱情理想的破灭，以及林黛玉的泪尽而逝。“阆苑仙葩”指林黛玉，她本是灵河岸上三生石畔的绛珠仙草。“美玉无瑕”指贾宝玉，他本是赤瑕宫的神瑛侍者。“水中月”和“镜中花”都是虚幻的景象，寓意宝、黛的爱情理想虽则美好，终如镜花水月，不能成为现实。“若说没奇缘，今生偏又遇着他；若说有奇缘，如何心事终虚化”揭示了二人爱情的矛盾与悲剧性。结尾“想眼中能有多少泪珠儿，怎经得秋流到冬尽，春流到夏”以泪水的意象，写出了黛玉一生的悲苦与无奈。

恨无常

喜荣华正好，恨无常又到。眼睁睁，把万事全抛。荡悠悠，把芳魂消耗。望家乡，路远山高。故向爹娘梦里相寻告：儿命已入黄泉，天伦呵，须要退步抽身早！

解析

这首曲子是写贾元春的。曲名“恨无常”，暗示元春早死。元春当了贵妃，但“荣华”短暂，忽然夭亡。贾府在四大家族中居于首位，是因为它财富最多，权势最大，其靠山之一就是贾元春。开篇“喜荣华正好，恨无常又到”以对比手法，点明了元春从极盛到极衰的命运转折。后文“眼睁睁，把万事全抛”与“荡悠悠，把芳魂消耗”以生动的语言，描绘了元春临终前的无奈与痛苦。结尾“故向爹娘梦里相寻告：儿命已入黄泉，天伦呵，须要退步抽身早”则通过梦境的形式，表达了元春对家人的牵挂与警示，暗示了贾府的衰败。

分骨肉

一帆风雨路三千，把骨肉家园齐来抛闪。恐哭损残年，告爹娘，休把儿悬念。自古穷通皆有定，离合岂无缘？从今分两地，各自保平安。奴去也，莫牵连。

解析

这首曲子是写贾探春的。脂砚斋评此曲：“探卿声口如闻。”贾府的三小姐探春，精明能干，有心机，能决断，连凤姐和王夫人都让她几分。开头“一帆风雨路三千，把骨肉家园齐来抛闪”以风雨象征探春远嫁的艰辛，点明了她的离别之苦。后文“恐哭损残年，告爹娘，休把儿悬念”展现了探春对父母的体贴与牵挂。结尾“从今分两地，各自保平安。奴去也，莫牵连”则以决绝的语言，表达了探春对命运的接受与对家人的祝福。

乐中悲

襁褓中，父母叹双亡。纵居那绮罗丛，谁知娇养？幸生来，英豪阔大宽宏量，从未将儿女私情略萦心上。好一似，霁月光风耀玉堂。厮配得才貌仙郎，博得个地久天长，准折得幼年时坎坷形状。终久是云散高唐，水涸湘江。这是尘寰中消长数应当，何必枉悲伤！

解析

这首曲子是写史湘云的，展现了她豪爽豁达的性格与悲剧命运。曲名“乐中悲”，寓意她的美满婚姻好景不长。“终久”二句藏有“湘云”二字，又说“云散”“水涸”，喻男女欢乐成空。首句“襁褓中，父母叹双亡”点明了湘云自幼孤苦的身世。但她并未因此消沉，而是以“英豪阔大宽宏量”面对人生。后文“厮配得才貌仙郎，博得个地久天长”看似描绘了她婚姻的美满，但“终久是云散高唐，水涸湘江”却揭示了其命运的悲剧性，暗示了她丈夫早逝、孤独终老的结局。

世难容

气质美如兰，才华复比仙。天生成孤癖人皆罕。你道是啖肉食腥膻，视绮罗俗厌；却不知，太高人愈妒，过洁世同嫌。可叹这，青灯古殿人将老；辜负了，红粉朱楼春色阑！到头来，依旧是风尘肮脏违心愿。好一似，无瑕白玉遭泥陷；又何须，王孙公子叹无缘！

解析

这首曲子是写妙玉的。曲名“世难容”，也预示了她后来的遭遇。带发修行的尼姑妙玉，原来也是宦家小姐。她住在大观园中的栊翠庵，实际上并没有置身于贾府的各种现实关系之外。

此曲展现了她高洁孤傲的性格与悲剧命运。开篇“气质美如兰，才华复比仙”以兰、仙为喻，点明了妙玉的高雅与才华。然而，“天生成孤癖人皆罕”揭示了她的孤僻与世俗的格格不入。后文“太高人愈妒，过洁世同嫌”点明了她的悲剧根源：因过于高洁而遭人嫉妒与排斥。结尾“无瑕白玉遭泥陷”以白玉喻妙玉，象征其高洁品质被世俗玷污，暗示了她最终的悲惨结局。

喜冤家

中山狼，无情兽，全不念当日根由。一味的，骄奢淫荡贪欢媾。觑着那，侯门艳质同蒲柳；作践的，公府千金似下流。叹芳魂艳魄，一载荡悠悠。

解析

这首曲子是写贾迎春的。贾府的二小姐迎春和同为庶出却精明能干的探春相反，老实无能，懦弱怕事。她只知退让，任人欺侮，最后终不免悲惨的结局。迎春是封建包办婚姻的牺牲品。首句“中山狼，无情兽”以“中山狼”喻孙绍祖，点明其忘恩负义、冷酷无情的本性。后文“觑着那，侯门艳质同蒲柳；作践的，公府千金似下流”揭示了迎春在婚姻中的悲惨境遇：从侯门千金沦为被践踏的对象。结尾“叹芳魂艳魄，一载荡悠悠”写出她婚后一年便香消玉殒的悲剧。

虚花悟

将那三春看破，桃红柳绿待如何？把这韶华打灭，觅那清淡天和。说什么，天上夭桃盛，云中杏蕊多！到头来，谁把秋捱过？则看那，白杨村里人呜咽，青枫林下鬼吟哦。更兼着，连天衰草遮坟墓。这的是，昨贫今富人劳碌，春荣秋谢花折磨。

似这般，生关死劫谁能躲？闻说道，西方宝树唤婆娑，上结着长生果。

解析

这首曲子是写贾惜春的。曲名“虚花悟”，意谓悟到荣华是虚幻的。虚花，犹言镜中花。惜春是贾府四小姐，宁国府贾珍之妹，却目睹家族诸多丑态。曲中“将那三春看破，桃红柳绿待如何”暗喻她对三位姐姐命运的洞察，元春早逝、迎春受虐、探春远嫁，让她深感荣华虚幻。“闻说道西方宝树唤婆娑，上结着长生果”，暗示她最终出家，远离尘世，在青灯古佛旁寻求解脱。这是对贾府衰败命运的一种逃避，也是对封建贵族生活的否定。贾惜春“勘破三春”，四大家族的没落命运，三个姐姐的不幸结局，使她为自己的未来担忧，现实的一切对她失去了吸引力，她便产生了避世的念头。

聪明累

机关算尽太聪明，反算了卿卿性命！生前心已碎，死后性空灵。家富人宁，终有个，家亡人散各奔腾。枉费了，意悬悬半世心；好一似，荡悠悠三更梦。忽喇喇似大厦倾，昏惨惨似灯将尽。呀！一场欢喜忽悲辛。叹人世，终难定！

解析

这首曲子是写王熙凤的。曲名“聪明累”，是受聪明之连累、聪明自误的意思。

王熙凤是贾府的实际当权派。她主持荣国府，协理宁国府，为所欲为。她一手抓权，一手抓钱，表现出十足的权欲和贪欲。她在荣国府掌管家事，与贾琏是夫妻，却关系复杂。“机关算尽太聪明，反算了卿卿性命”，暗指她精明能干，用尽心机敛财弄权，如弄权铁槛寺、逼死尤二姐等。“生前心已碎，死后性空灵”，说明她一生操劳，却未料到家族和自己的悲惨结局，深刻揭示了封建家族内部的钩心斗角和王熙凤作为封建制度维护者的悲哀。她的命运是贾府兴衰的一个缩影 。

留余庆

留余庆，留余庆，忽遇恩人；幸娘亲，幸娘亲，积得阴功。劝人生，济困扶穷。休似俺那爱银钱、忘骨肉的狠舅奸兄！正是乘除加减，上有苍穹。

解析

这首曲子是写贾巧姐的。前代为后代所遗留下来的福泽叫余庆。“积善之家，必有余庆。”留余庆，是一种因果报应的说法。贾巧姐的娘王熙凤曾接济过刘姥姥，做了好事。贾府丑事败露后，王熙凤获罪，自身难保，女儿贾巧姐为狠舅奸兄欺骗出卖，流落在烟花巷。后来，巧姐幸遇恩人刘姥姥救助，死里逃生。

此曲是贾巧姐的命运之歌。“留余庆，留余庆，忽遇恩人”，指巧姐在贾府败落后，被刘姥姥所救。“幸娘亲，幸娘亲，积得阴功”，说明王熙凤生前做了一些善事，如接济刘姥姥，为巧姐积下了阴德。“爱银钱忘骨肉的狠舅奸兄”，则是指王熙凤的哥哥王仁等人，他们在贾府败落时，为了钱财，不顾骨肉亲情，将巧姐出卖。“正是乘除加减，上有苍穹”，表达了一种因果报应的思想，暗示善有善报，恶有恶报。巧姐的命运体现了在封建家族衰落的大背景下，人性的善恶对比，以及命运的无常，同时也告诫人们要积德行善。

晚韶华

镜里恩情，更那堪梦里功名！那美韶华去之何迅！再休提绣帐鸳衾。只这戴珠冠，披凤袄，也抵不了无常性命。虽说是，人生莫受老来贫，也须要阴骘积儿孙。气昂昂头戴簪缨，气昂昂头戴簪缨，光灿灿胸悬金印；威赫赫爵禄高登，威赫赫爵禄高登，昏惨惨黄泉路近。问古来将相可还存？也只是虚名儿与后人钦敬。

解析

这首曲子是写李纨的。曲名“晚韶华”，字面上说晚年荣华，其真意是说好光景到来为时已晚了。“镜里恩情，更那堪梦里功名”，李纨早年丧夫，夫妻恩情短暂，而她一心培养儿子贾兰考取功名，也如同梦幻一般。“那美韶华去之何迅”，感叹她美好的青春时光转瞬即逝。“戴珠冠，披凤袄，也抵不了无常性命”，李纨虽在晚年因贾兰的发达而获得了荣华富贵，戴上了珠冠，披上了凤袄，但生命却即将走到尽头。“人生莫受老来贫，也须要阴骘积儿孙”，既表达了对人生的感悟，也暗示了积德行善的重要性。李纨的命运反映了封建时代女性的悲哀，她们的一生都围绕着丈夫和儿子，在孤独和寂寞中度过，即使最终获得了荣耀，也无法弥补失去的青春和幸福。

好事终

画梁春尽落香尘。擅风情，秉月貌，便是败家的根本。箕裘颓堕皆从敬，家事消亡首罪宁。宿孽总因情！

解析

这首曲子是写秦可卿的。曲名“好事终”中的“好事”，特指男女风月之事，是反语。

秦可卿本是被弃于养生堂的孤儿，在从抱养她的“寒儒薄宦”之家进入贾府以后，就堕入了罪恶的深渊。“好事终”，不限于秦氏一人，代指整个贾府的败亡。

“画梁春尽落香尘”，暗示秦可卿的死亡，她如香尘般消逝。“擅风情，秉月貌，便是败家的根本”，表面上看，似乎是说秦可卿的美貌和风情是导致贾府衰败的根源，但实际上这是一种委婉的说法，背后隐藏着贾府内部的种种丑闻和腐朽。“箕裘颓堕皆从敬，家事消亡首罪宁”，指出贾府的衰败从贾敬开始，他不理家事，沉迷于炼丹，而宁国府的荒淫无度更是加速了家族的灭亡。“宿孽总因情”，这里的“情”不仅仅指男女之情，更代表着贾府上下的种种欲望和情感纠葛，这些宿孽最终导致了家族的覆灭。秦可卿的命运是贾府衰败的一个缩影，她的故事揭示了封建家族内部的腐朽和堕落，以及这种腐朽对家族命运的影响。

飞鸟各投林

为官的，家业凋零；富贵的，金银散尽；有恩的，死里逃生；无情的，分明报应；欠命的，命已还；欠泪的，泪已尽：冤冤相报实非轻，分离聚合皆前定。欲知命短问前生，老来富贵也真侥幸。看破的，遁入空门；痴迷的，枉送了性命。好一似食尽鸟投林，落了片白茫茫大地真干净！

解析

这首收尾的曲子是对小说人物命运的总写，写出了贾府最后家破人亡、一败涂地的景象。“为官的，家业凋零”，如贾府中为官者，随着家族衰落，仕途尽毁；“富贵的，金银散尽”，暗示贾府从富贵走向赤贫；“有恩的，死里逃生”，对应巧姐被刘姥姥所救；“欠泪的，泪已尽”，无疑是林黛玉为还泪而来，泪尽而逝；“看破的，遁入空门”，契合惜春出家的结局；“痴迷的，枉送了性命”，王熙凤机关算尽，最终枉送性命。

曲子隐喻了封建家族无可避免的衰败命运，以“食尽鸟投林，落了片白茫茫大地真干净”收尾，象征着贾府这个庞大的封建家族，在经历了种种繁华与纷争后，最终如鸟兽散，一切皆空。它不仅是贾府兴衰的高度概括，更是对封建社会盛极必衰规律的深刻揭示。

这首曲子既是《红楼梦曲》的收尾，也表现了贾府“树倒猢狲散”的情景，为四大家族的衰亡预先敲起了丧钟。

第七回

十二花容色最新

十二花容色最新，不知谁是惜花人。
相逢若问名何氏，家住江南姓本秦。

解析

此诗见于甲戌本、戚序本第七回正文开头，在书中具有多重象征意义和深刻内涵。诗中的“十二花容”表面上指薛姨妈让周瑞家的分送给众姊妹戴的“宫里头的新鲜样法，拿纱堆的花儿十二枝”，但脂砚斋批语认为“凡用‘十二’字样，皆照应十二钗”，因此“十二花容”也暗指金陵十二钗。而“惜花人”则象征着贾宝玉，他怜惜众女子的命运，是唯一能真正理解她们的人。诗的后两句“相逢若问名何氏，家住江南姓本秦”则与本回的情节密切相关。第七回中，宝玉结识了秦钟，而“秦”谐音“情”，脂砚斋批语指出：“设云‘情种’。古诗云：‘未嫁先名玉，来时本姓秦。’二语便是此书大纲目、大比托、大讽刺处。”这表明“秦钟”之名不仅是对“情种”的暗示，也体现了作者对书中人物命运的隐喻。

第八回

古鼎新烹凤髓香

古鼎新烹凤髓香，哪堪翠斝（jiǎ）贮琼浆。
莫言绮縠（hú）无风韵，试看金娃对玉郎。

解析

此诗见于甲戌本第八回正文的开头。这首诗从字面来看，描绘了烹茶与饮酒的场景，展现了贾府的奢华生活。然而，其深层含义却与宝钗、宝玉的关系密切相关。诗中的“凤髓”象征名贵的茶，“翠斝贮琼浆”则暗示美酒醉人；“绮縠”代指宝钗，“金娃对玉郎”则直接点明宝钗与宝玉的“金玉良缘”。作者通过这首诗为宝钗“正名”，强调宝钗并非“无风韵”，而是其性格的“藏愚守拙”容易让人误解。同时，诗中也隐含了对“金玉良缘”与“木石前盟”的对比，暗示宝玉对黛玉的深情并非因宝钗风韵不足，而是情感的专一。

作者在此回中对宝玉与宝钗之间的关系做了重点描述，对通灵宝玉与金锁也做了详尽的交代。

嘲顽石幻相

女娲炼石已荒唐，又向荒唐演大荒。
失去幽灵真境界，幻来亲就臭皮囊。
好知运败金无彩，堪叹时乖玉不光。
白骨如山忘姓氏，无非公子与红妆。

解析

作者通过薛宝钗赏鉴贾宝玉的通灵玉的情节，点出通灵玉“就是大荒山中青埂峰下的那块顽石的幻相”，并假托“后人有诗”

题大观园正殿额对

顾恩思义（匾额）（贾元春）

天地启宏慈，赤子苍头同感戴；
古今垂旷典，九州万国被恩荣。

解析

这是元春游园后，为正殿所题额对，表达了元春对皇帝恩宠的感激之情，同时也体现了皇家的威严和恩泽。这一匾一联不仅是对皇帝的颂扬，也是对贾府命运的一种暗示。元春的显赫地位是贾府荣耀的象征，但这种荣耀背后也隐藏着危机。

从情节上看，额对的题写标志着元春省亲活动的高潮，同时也为后续的诗词题咏做了铺垫。

大观园题咏

题大观园（贾元春）

衔山抱水建来精，多少工夫筑始成。
天上人间诸景备，芳园应锡大观名。

旷性怡情（匾额）（贾迎春）

园成景备特精奇，奉命羞题额旷怡。
谁信世间有此境，游来宁不畅神思？

盛世无饥馁，何须耕织忙。

解析

《大观园题咏》作为元妃省亲情节的重要组成部分，实际上是封建社会中皇帝命题叫臣僚们作的应制诗的一种变相形式。《大观园题咏》不仅是对景物的描写，更是对人物性格和命运的隐喻。例如，贾宝玉的《有凤来仪》描绘了潇湘馆的清幽，暗示了林黛玉的高洁与孤傲。而薛宝钗的《凝晖钟瑞》则体现了她的稳重与世故，其中“文风已著宸游夕，孝化应隆归省时”尽显对封建礼教的遵循。

林黛玉的《杏帘在望》中“盛世无饥馁，何须耕织忙”虽有颂圣之意，但红学家认为这更像是对“盛世”的反讽，暗含对封建社会虚伪繁荣的批判。

第二十一回

续《庄子·胠箧》文（贾宝玉）

焚花散麝，而闺阁始人含其劝矣；戕宝钗之仙姿，灰黛玉之灵窍，丧减情意，而闺阁之美恶始相类矣。彼含其劝，则无参商之虞矣；戕其仙姿，无恋爱之心矣；灰其灵窍，无才思之情矣。彼钗、玉、花、麝者，皆张其罗而穴其隧，所以迷眩缠陷天下者也。

解析

袭人因宝玉与姊妹们过分亲近而故意冷待他，宝玉从中感受到人际关系的复杂与矛盾，便从庄子思想中寻求解脱，认为只有摒弃世俗的纷扰，才能获得内心的宁静。

红学名家指出，宝玉的续文虽是出于一时的愤激和酒兴，但也反映了他对封建礼教束缚的不满。他试图通过庄子的哲学来超脱世俗，但这种思想在当时的社会环境中显得有些不切实际。宝玉的续文也引发了黛玉的反驳，她认为宝玉“无见识”，不能正确看待人与人之间的关系。

从艺术角度来看，这段续文不仅展现了宝玉的叛逆性格，也揭示了他内心的迷茫与挣扎。曹雪芹通过宝玉的续文，巧妙地将庄子的哲学思想引入小说，进一步深化了对封建礼教的批判。

题宝玉续庄子文后（林黛玉）

无端弄笔是何人？作践南华庄子因。
不悔自己无见识，却将丑语怪他人！

解析

这首诗是黛玉对宝玉续文的批评。她认为宝玉的续文不仅没有真正理解庄子的思想，反而显得“无见识”，甚至有些诋毁庄子的本意。红学名家指出，黛玉的这首诗不仅为她自己洗刷了被误解的嫌疑，也暗示了她与宝玉之间微妙的情感关系。

从情节上看，这首诗反映了黛玉的敏锐与聪慧，她能够洞察宝玉内心的矛盾与挣扎。从主题上看，它揭示了宝玉在面对封建礼教时的无奈与迷茫，同时也展现了黛玉对宝玉的深刻理解与关心。

淑女从来多抱怨

淑女从来多抱怨，娇妻自古便含酸。

解析

这两句位于第二十一回末尾，在“俏平儿软语救贾琏”情节之后，其内容反映了小说中女性角色的普遍心态，体现了封建社会中女性的无奈与悲哀。

偈子由佛门弟子记录整理，成为如今所见的五言绝句形式，编入宗教故事，是经过许多艺术加工的。神秀的偈子强调修行需要不断努力，而惠能的偈子则主张顿悟，认为人心本自清净。

宝钗引用惠能的偈子来评价黛玉的续句“无立足境，方是干净”，暗示宝玉的禅偈尚未悟彻，而黛玉的续句则达到了更高的境界。这两首偈子不仅为宝玉和黛玉的禅偈提供了背景，也深化了小说中对禅宗思想的探讨，展现了曹雪芹对佛教哲学的深刻理解。

春灯谜

其 一（贾 环）

大哥有角只八个，二哥有角只两根。
大哥只在床上坐，二哥爱在房上蹲。

——枕头、兽头

其 二（贾 母）

猴子身轻站树梢。

——荔 枝

其 三（贾 政）

身自端方，体自坚硬。
虽不能言，有言必应。

——砚 台

其　四（贾元春）

能使妖魔胆尽摧，身如束帛气如雷。
一声震得人方恐，回首相看已化灰。

——爆　竹

其　五（贾迎春）

天运人功理不穷，有功无运也难逢。
因何镇日纷纷乱？只为阴阳数不同。

——算　盘

其　六（贾探春）

阶下儿童仰面时，清明妆点最堪宜。
游丝一断浑无力，莫向东风怨别离。

——风　筝

其　七（贾惜春）

前身色相总无成，不听菱歌听佛经。
莫道此生沉黑海，性中自有大光明。

——佛前海灯

其　八（薛宝钗，甲辰、程高本改属黛玉）

朝罢谁携两袖烟？琴边衾里总无缘。
晓筹不用鸡人报，五夜无烦侍女添。

焦首朝朝还暮暮，煎心日日复年年。
光阴荏苒须当惜，风雨阴晴任变迁。

——更　香

其　九（贾宝玉，后人所补）

南面而坐，北面而朝。
象忧亦忧，象喜亦喜。

——镜　子

其　十（薛宝钗，后人所补）

有眼无珠腹内空，荷花出水喜相逢。
梧桐叶落分离别，恩爱夫妻不到冬。

——竹夫人

解析

《春灯谜》是《红楼梦》第二十二回中贾府众人所作。春灯谜以物喻命，暗藏人物悲剧与家族衰微：贾环的“枕头、兽头”讽其庸碌，贾母的“荔枝”喻家族外盛内朽，贾政的“砚台”显迂腐守旧，元春的“爆竹”兆荣华骤灭，迎春的“算盘”示命运失控，探春的“风筝”叹远嫁飘零，惜春的“海灯”照佛门孤寂，宝钗的“更香”（原稿）或“竹夫人”（续补）皆刺金玉良缘虚妄，而续补的宝玉“镜子”映众生悲苦。曹雪芹借俗物为谶，于嬉戏间伏线千里，以灯谜之轻叩命运之重，将个体际遇与家族倾覆织入“千红一哭”的宿命长卷，在热闹中深埋“白茫茫大地真干净”的终极苍凉。

四时即事（贾宝玉）

春夜即事

霞绡云幄任铺陈，隔巷蟆更听未真。
枕上轻寒窗外雨，眼前春色梦中人。
盈盈烛泪因谁泣，默默花愁为我嗔。
自是小鬟娇懒惯，拥衾不耐笑言频。

夏夜即事

倦绣佳人幽梦长，金笼鹦鹉唤茶汤。
窗明麝月开宫镜，室霭檀云品御香。
琥珀杯倾荷露滑，玻璃槛纳柳风凉。
水亭处处齐纨动，帘卷朱楼罢晚妆。

秋夜即事

绛芸轩里绝喧哗，桂魄流光浸茜纱。
苔锁石纹容睡鹤，井飘桐露湿栖鸦。
抱衾婢至舒金凤，倚槛人归落翠花。
静夜不眠因酒渴，沉烟重拨索烹茶。

冬夜即事

梅魂竹梦已三更，锦罽（jì）鹴衾睡未成。

松影一庭唯见鹤，梨花满地不闻莺。
女儿翠袖诗怀冷，公子金貂酒力轻。
却喜侍儿知试茗，扫将新雪及时烹。

解析

《四时即事》是《红楼梦》第二十三回中贾宝玉所作的四首诗，分别描绘了春、夏、秋、冬四季在大观园中的生活情景。这些诗以眼前事物为题材，被称为“即事诗”，展现了贾宝玉与姐妹、丫鬟们相亲相近的生活场景，同时也隐含了他对青春易逝的感慨和对未来的淡淡忧愁。这些诗虽不属上乘，却情真景实，真实地反映了公子小姐们富贵至极的生活。通过这些诗，曹雪芹巧妙地将贾宝玉的生活与情感融入四季变化之中，展现了他对生活的细腻观察和对青春的深刻感悟。

妆晨绣夜心无矣

妆晨绣夜心无矣，对月临风恨有之。

解析

这两句诗以对仗工整的形式，描绘了林黛玉在经历了《西厢记》和《牡丹亭》的双重情感冲击后，内心所感受到的沉郁与无奈。

“妆晨绣夜心无矣”，意指黛玉失去了往日晨妆夜绣的闲情雅致，不再有心思去关注这些日常琐事，反映了她内心的失落与惆怅。而“对月临风恨有之”，则表达了她面对美好景色时，内心无法摆脱的忧愁。这种对比，深刻地展现了黛玉情感的复杂与矛盾，也暗示了她对命运的无力感。

这两句诗不仅描绘了黛玉的心境，更通过其情感的转变，反映了贾府由盛转衰的家族命运。

第二十五回

癞头和尚赞

鼻如悬胆两眉长，目似明星蓄宝光。
破衲芒鞋无住迹，腌臜（ā zɑ）更有满头疮。

解析

这首赞诗通过对癞头和尚外貌的描写，展现了他不拘小节、超凡脱俗的形象。癞头和尚在《红楼梦》中是一个神秘而重要的角色，他与跛足道人一起，多次出现并暗示了小说中人物的命运。

诗中“鼻如悬胆两眉长，目似明星蓄宝光”描绘了癞头和尚的外貌特征，暗示他虽外表丑陋，却有着非凡的智慧和能力。而“破衲芒鞋无住迹，腌臜更有满头疮”则进一步强调了他的不羁与超脱，体现了他对世俗的不屑一顾。

从主题上看，癞头和尚的形象与《红楼梦》中对命运的探讨密切相关。他的出现，不仅为小说增添了一份神秘色彩，也暗示了人物命运的不可捉摸和世事的无常。

跛足道人赞

一足高来一足低，浑身带水又拖泥。
相逢若问家何处，却在蓬莱弱水西。

解析

这首赞诗通过对跛足道人外貌和来处的描写，展现了他超脱尘世、行踪不定的形象。跛足道人与癞头和尚一样，是小说中重要的象征性人物，他们的出现多次暗示了人物的命运和小说的主题。

诗中“一足高来一足低，浑身带水又拖泥”描绘了跛足道人的外貌特征，体现了他的不羁与洒脱。而“相逢若问家何处，却在蓬莱弱水西”则进一步强调了他的超凡脱俗，暗示他来自仙境，不为世俗所束缚。

这首赞诗通过简洁的语言，生动地刻画了跛足道人的形象，同时也为小说增添了一分神秘色彩。跛足道人的形象与小说中对命运的探讨密切相关，他的出现不仅暗示了人物命运的无常，也体现了曹雪芹对世俗的批判和对超脱的向往。

叹通灵玉二首（癞头和尚）

其 一

天不拘兮地不羁，心头无喜亦无悲。
却因锻炼通灵后，便向人间觅是非。

其 二

粉渍脂痕污宝光，绮栊昼夜困鸳鸯。
沉酣一梦终须醒，冤孽偿清好散场！

解析

小说中凡提到癞头和尚、跛足道人处，都有着隐示情节发展、人物命运的预言作用。作者借癞头和尚之口说宝玉之为“声色”所迷，犹如凤姐之为“货利”所迷。

这两首诗通过癞头和尚之口，对通灵宝玉的来历和命运进行了深刻的总结。第一首诗回顾了通灵宝玉的前世，它原本是青埂峰下的一块顽石，无拘无束，没有喜怒哀乐。然而，经过女娲的锻炼后，它通了灵性，不甘寂寞，下凡人间，却因此惹出了无数是非。第二首诗则暗示了贾宝玉在人间的生活，他被世俗的“声色”

所迷，最终却要从这场梦中醒来，偿还冤孽。

红学名家指出，这两首诗不仅揭示了贾宝玉的命运，也暗示了贾府的兴衰。贾宝玉的“沉酣一梦”象征着他对世俗生活的沉迷，而“冤孽偿清好散场”则暗示了他最终的解脱。

第二十六回

黛玉哭花阴

花魂默默无情绪，鸟梦痴痴何处惊。

解析

这两句诗描绘了黛玉在花阴下哭泣时的场景。诗中“花魂默默无情绪”以花拟人，赋予花以情感，仿佛花儿也被黛玉的悲伤所感染，默默无言；“鸟梦痴痴何处惊”则以鸟拟人，鸟儿从梦中惊醒，痴痴呆呆，不知所措。这两句诗不仅渲染了黛玉的悲伤，也暗示了她的孤独和无助。这两句诗是黛玉葬花情节的铺垫，通过花魂和鸟梦的描写，进一步烘托了黛玉的悲剧性格。

哭花阴诗

颦儿才貌世应希，独抱幽芳出绣闱。
呜咽一声犹未了，落花满地鸟惊飞。

解析

这首诗是对黛玉哭花阴情节的总结和升华。诗中“颦儿才貌世应希”赞美了黛玉的美貌和才华，而“独抱幽芳出绣闱”则描绘了她的孤独与高洁。最后两句“呜咽一声犹未了，落花满地鸟惊飞”以落花和惊飞的鸟儿为背景，进一步渲染了黛玉的悲伤。

这首诗不仅表达了对黛玉悲剧命运的同情，也为后续的《葬花吟》做了铺垫，进一步深化了黛玉的悲剧形象。

第二十七回

葬花吟（林黛玉）

花谢花飞飞满天，红消香断有谁怜？
游丝软系飘春榭，落絮轻沾扑绣帘。
闺中女儿惜春暮，愁绪满怀无释处。
手把花锄出绣帘，忍踏落花来复去？
柳丝榆荚自芳菲，不管桃飘与李飞。
桃李明年能再发，明年闺中知有谁？
三月香巢已垒成，梁间燕子太无情！
明年花发虽可啄，却不道人去梁空巢也倾。
一年三百六十日，风刀霜剑严相逼。
明媚鲜妍能几时，一朝飘泊难寻觅。
花开易见落难寻，阶前闷杀葬花人。
独把花锄泪暗洒，洒上空枝见血痕。
杜鹃无语正黄昏，荷锄归去掩重门。
青灯照壁人初睡，冷雨敲窗被未温。
怪奴底事倍伤神？半为怜春半恼春：
怜春忽至恼忽去，至又无言去不闻。
昨宵庭外悲歌发，知是花魂与鸟魂？
花魂鸟魂总难留，鸟自无言花自羞。
愿奴胁下生双翼，随花飞到天尽头。
天尽头，何处有香丘？
未若锦囊收艳骨，一抔（póu）净土掩风流。

质本洁来还洁去，强于污淖陷渠沟。
尔今死去侬收葬，未卜侬身何日丧？
侬今葬花人笑痴，他年葬侬知是谁？
试看春残花渐落，便是红颜老死时。
一朝春尽红颜老，花落人亡两不知！

解析

《葬花吟》是林黛玉感叹身世遭遇的全部哀音的代表，也是表现其性格特性的重要作品。全诗以花喻人，将花的命运与人的命运紧密相连，通过丰富奇特的想象和浓烈忧伤的情调，展现了黛玉多愁善感的性格和内心的矛盾痛苦。诗中“质本洁来还洁去，强于污淖陷渠沟”等句，体现了黛玉不愿受辱、孤傲不阿的性格。同时，这首诗也是一首“谶诗”，暗示了黛玉的悲惨命运。作者友人明义认为这首诗“似谶成真”，暗示了黛玉的结局。其价值在于它为我们提供了探索曹雪芹笔下的宝黛悲剧的重要线索。

甲戌本有批语说：“余读《葬花吟》至再，至三四，其凄楚感慨，令人身世两忘，奉笔再四，不能下批。有客曰：‘先生身非宝玉，何能下笔？则字字双圈，料难遂颦儿之意。俟看玉兄之后文再批。’噫唏！阻余者想亦《石头记》来的，故停笔以待。”

第二十八回

宝玉听葬花吟赞

花影不离身左右，鸟声只在耳东西。

解析

这是曹雪芹对贾宝玉听到《葬花吟》后的描写。宝玉听到黛玉吟诵《葬花吟》后，被深深触动，恸倒在山坡之上。这一情节展现了宝玉对黛玉的深情，以及他对人生短暂、世事无常的感悟。红学家认为，宝玉的反应体现了他对黛玉的爱怜，也反映了他对自由理想生活的憧憬。宝玉听到《葬花吟》后的心灵震撼，进一步加深了他对黛玉的理解和爱慕。甲戌、庚辰本脂批云：“二句作禅语参。”

小　曲（云　儿）

两个冤家，都难丢下，想着你来又记挂着他。两个人形容俊俏，都难描画。想昨宵幽期私订在荼蘼架，一个偷情，一个寻拿，拿住了三曹对案，我也无回话。

解析

这首小曲出现在贾宝玉与薛蟠等人饮酒作乐的场景中，与宝玉大观园中的生活形成了鲜明对比。同时，这首小曲也在宝黛钗之间的感情纠葛上形成了隐喻。黛玉和宝钗都对宝玉有着深厚的情感，而宝玉对二人的态度也如同曲中所唱的“两个冤家，都难丢下”，充满了矛盾与纠结。

“女儿”酒令五首

其　一（贾宝玉）

女儿悲，青春已大守空闺。
女儿愁，悔教夫婿觅封侯。
女儿喜，对镜晨妆颜色美。
女儿乐，秋千架上春衫薄。

滴不尽相思血泪抛红豆，开不完春柳春花满画楼，睡不稳纱窗风雨黄昏后，忘不了新愁与旧愁，咽不下玉粒金莼噎满喉，照不见菱花镜里形容瘦，展不开的眉头，捱不明的更漏。呀！恰便似遮不住的青山隐隐，流不断的绿水悠悠。

“雨打梨花深闭门”。

其　二（冯紫英）

女儿悲，儿夫染病在垂危。
女儿愁，大风吹倒梳妆楼。
女儿喜，头胎养个双生子。
女儿乐，私向花园掏蟋蟀。

你是个可人，你是个多情，你是个刁钻古怪鬼灵精，你是个神仙也不灵。我说的话儿你全不信，只叫你去背地里细打听，才知道我疼你不疼！

“鸡鸣茅店月”。

其　三（云　儿）

女儿悲，将来终身指靠谁？
女儿愁，妈妈打骂何时休？
女儿喜，情郎不舍还家里。
女儿乐，住了箫管弄弦索。

豆蔻开花三月三，一个虫儿往里钻。钻了半日不得进去，爬到花儿上打秋千。肉儿小心肝，我不开了你怎么钻？

“桃之夭夭”。

其　四（薛　蟠）

女儿悲，嫁了个男人是乌龟。
女儿愁，绣房窜出个大马猴。

女儿喜，洞房花烛朝慵起。
女儿乐，一根𣮵𣮊往里戳。
一个蚊子哼哼哼，两个苍蝇嗡嗡嗡……

其　五（蒋玉菡）

女儿悲，丈夫一去不回归。
女儿愁，无钱去打桂花油。
女儿喜，灯花并头结双蕊。
女儿乐，夫唱妇随真和合。

可喜你天生成百媚娇，恰便似活神仙离碧霄。度青春，年正小；配鸾凤，真也着。呀！看天河正高，听谯楼鼓敲，剔银灯同入鸳帏悄。

“花气袭人知昼暖”。

解析

这是宝玉等人在冯紫英家酒席上行的令。行酒令为戏的花样很多，书中宝玉交代这次行令的办法：“如今要说‘悲’‘愁’‘喜’‘乐’四字，却要说出‘女儿’来，还要注明这四字原故”，并且酒面“要唱一个新鲜时样曲子”，酒底“要席上生风一样东西，或古诗、旧对、四书五经成语”。

这五首酒令以“女儿”为主题，表面上是对女性美貌与命运的咏叹，实则暗含了书中主要女性角色的命运谶语，同时也反映了封建社会中女性的悲剧命运。同时，在这一回里，描述了宝玉与蒋玉菡、云儿等人厮混的场景，这不仅为后续流言蜚语四起，“不肖种种大承笞挞”的情节埋下了伏笔，同时也为贾府最终被对手抓住把柄，进而提出弹劾、引发官司埋下了隐患。

第三十四回

题帕三绝句（林黛玉）

其　一

眼空蓄泪泪空垂，暗洒闲抛却为谁？
尺幅鲛绡劳解赠，叫人焉得不伤悲！

其　二

抛珠滚玉只偷潸，镇日无心镇日闲。
枕上袖边难拂拭，任他点点与斑斑。

其　三

彩线难收面上珠，湘江旧迹已模糊。
窗前亦有千竿竹，不识香痕渍也无？

解析

这是《红楼梦》中林黛玉的经典诗作，是宝黛情感发展的重要节点。这三首诗以“泪”为主题，生动展现了黛玉对宝玉的深情与担忧。

从情节发展来看，宝玉挨打后，黛玉收到宝玉送来的旧帕，心领神会，写下这三首绝句，表达了对宝玉的牵挂与心疼。诗中“眼空蓄泪泪空垂，暗洒闲抛却为谁”两句，既反映了黛玉对宝玉的深情，又暗示了她内心的无奈与伤感。这种情感的流露，与前文黛玉因宝玉摔玉而流泪的情节相呼应，都体现了黛玉为知己“不自惜”的精神。

这三首诗是“还泪”的重要体现，暗示了黛玉悲剧一生的基调。黛玉一生都在流泪，而这种流泪并非单纯为自己，更是为宝玉的不幸而悲痛。诗中“湘江旧迹已模糊”一句，用湘妃哭舜的典故，暗示了黛玉为宝玉流泪的悲剧命运。这三首诗也为宝黛悲剧埋下伏笔。诗中反复出现的“泪”，不仅预示了黛玉最终“泪尽夭亡”的结局，也反映了她对两人未来命运的担忧。

第三十七回

招宝玉结诗社帖（贾探春）

娣探谨奉

二兄文几：前夕新霁，月色如洗，因惜清景难逢，讵(jù)忍就卧。时漏已三转，犹徘徊于桐槛之下，未防风露所欺，致获采薪之患。昨蒙亲劳抚嘱，复又数遣侍儿问切，兼以鲜荔并真卿墨迹见赐，何瘝痌(guān tōng)惠爱之深哉！今因伏几凭床处默之时，因思及历来古人中，处名攻利敌之场，犹置一些山滴水之区，远招近揖，投辖攀辕，务结二三同志，盘桓于其中，或竖词坛，或开吟社。虽一时之偶兴，遂成千古之佳谈。娣虽不才，窃同叨栖处于泉石之间，而兼慕薛、林之技。风庭月榭，惜未宴集诗人；帘杏溪桃，或可醉飞吟盏。孰谓莲社之雄才，独许须眉；直以东山之雅会，让余脂粉。若蒙棹雪而来，娣则扫花以待。此谨奉。

解析

这是贾探春写给贾宝玉的邀请帖，是大观园诗社成立的重要契机。这篇帖子文辞优美，骈散结合，展现了探春的文采与才情。

从情节发展来看，帖子的出现为大观园诗社的成立奠定了基础。探春以自己生病为引，表达了对宝玉的感激之情，并巧妙地引出结社的提议。这一提议不仅得到了宝玉的支持，还吸引了大观园中其他才女的积极参与，使得诗社成为大观园文化生活的重要组成部分。

探春的这篇帖子体现了她“才自精明志自高”的性格特点。她虽为庶出，却有着不输于嫡出的才华与抱负。通过发起诗社，探春展现了自己在文化修养和组织能力上的卓越。同时，帖子中对薛宝钗和林黛玉的推许，也突出了她们在大观园才女群体中的核心地位。

帖子中“脂粉不让须眉”的思想，暗示了探春对传统性别角色的挑战，也体现了曹雪芹对女性价值的肯定。此外，诗社的成立也象征着大观园中短暂的诗意与美好，与后来的衰败形成对比，为全书增添了悲剧色彩。

送白海棠帖（贾　芸）

不肖男芸恭请

父亲大人万福金安：男思自蒙天恩，认于膝下，日夜思一孝顺，竟无可孝顺之处。前因买办花草，上托大人金福，竟认得许多花儿匠，并认得许多名园。因忽见有白海棠一种，不可多得，故变尽方法，只弄得两盆。大人若视男如亲男一般，便留下赏玩。因天气暑热，恐园中姑娘们不便，故不敢面见。奉书恭启，并叩台安。

男芸跪书

解析

这是贾芸写给贾宝玉的一封信，内容是向宝玉献上两盆白海棠花，希望宝玉能收下作为赏玩之物。这封信在情节发展中起到了重要的推动作用，它不仅为大观园的海棠诗社提供了契机，还展现了贾芸的机灵与巴结之心。

贾芸在信中自称“不肖男”，称宝玉为“父亲大人”，反映了贾芸在贾府中的卑微地位以及他对宝玉的讨好心态。然而，这种巴结行为也暗示了他在贾府衰败后能够有所作为，展现了他“伶俐乖觉”的性格特点。白海棠本身象征着纯洁与高雅，而贾芸送海棠的行为也暗示了大观园中短暂的诗意生活，为后续的悲剧埋下伏笔。红学家们认为，这封信与探春的《招宝玉结诗社帖》形成鲜明对比，探春的帖子文采斐然，展现了她的才情与抱负，而贾芸的帖子则显得半文不白，但同样具有艺术价值。这种对比不仅丰富了情节，也深化了人物形象，体现了曹雪芹在人物塑造上的巧妙安排。

咏白海棠（限门盆魂痕昏）

其　一（贾探春）

斜阳寒草带重门，苔翠盈铺雨后盆。
玉是精神难比洁，雪为肌骨易销魂。
芳心一点娇无力，倩影三更月有痕。
莫谓缟仙能羽化，多情伴我咏黄昏。

其　二（薛宝钗）

珍重芳姿昼掩门，自携手瓮灌苔盆。
胭脂洗出秋阶影，冰雪招来露砌魂。
淡极始知花更艳，愁多焉得玉无痕？
欲偿白帝凭清洁，不语婷婷日又昏。

其　三（贾宝玉）

秋容浅淡映重门，七节攒成雪满盆。
出浴太真冰作影，捧心西子玉为魂。
晓风不散愁千点，宿雨还添泪一痕。
独倚画栏如有意，清砧怨笛送黄昏。

其　四（林黛玉）

半卷湘帘半掩门，碾冰为土玉为盆。
偷来梨蕊三分白，借得梅花一缕魂。
月窟仙人缝缟袂（mèi），秋闺怨女拭啼痕。
娇羞默默同谁诉？倦倚西风夜已昏。

白海棠和韵二首（史湘云）

其　一

神仙昨日降都门，种得蓝田玉一盆。
自是霜娥偏爱冷，非关倩女亦离魂。
秋阴捧出何方雪？雨渍添来隔宿痕。
却喜诗人吟不倦，岂令寂寞度朝昏！

其　二

蘅芷阶通萝薜门，也宜墙角也宜盆。
花因喜洁难寻偶，人为悲秋易断魂。

玉烛滴干风里泪，晶帘隔破月中痕。
幽情欲向嫦娥诉，无奈虚廊夜色昏！

解析

这是第三十七回中大观园海棠诗社的首次吟咏，由探春发起，宝玉、黛玉、宝钗等参与创作。李纨被大家推为社长，负责评诗，迎春限韵，惜春监场。限韵脚只能依次用“门”“盆”“魂”“痕”“昏”五个字。诗成后，大家认为黛玉的最好，李纨却评宝钗的为第一，探春表示赞同，宝玉则为黛玉不平。第二天史湘云到来，又和了两首，众人看了，称赞不绝。这些诗作不仅展现了大观园才女们的文学才华，还映射出人物的性格命运与情感世界。

咏白海棠诗的创作标志着海棠诗社的正式成立，为大观园的文化生活增添了浓厚的诗意氛围。诗社的成立不仅丰富了众人的精神世界，也为后续的诗词活动奠定了基础。

从人物命运与性格角度看，宝钗的“珍重芳姿昼掩门”“欲偿白帝凭清洁”体现了她的端庄稳重与内敛自持，暗示了她对封建礼教的遵循；黛玉的“偷来梨蕊三分白，借得梅花一缕魂”则展现了她的灵动才情与高洁志趣，同时也折射出她敏感多情的性格。宝玉的“秋容浅淡映重门，七节攒成雪满盆”则反映出他对美好事物的欣赏与追求。

白海棠的纯洁与高雅象征着大观园女儿们的美好品质，但海棠花的短暂绽放也暗示了她们命运的悲剧。

第三十八回

藕香榭对联

芙蓉影破归兰桨，菱藕香深写竹桥。

解析

藕香榭是大观园中一处建在池中的亭榭，四面开窗，左右有曲廊，后面有曲折竹桥暗接。贾母与众姐妹在此赏桂时，见到了这副对联。对联不仅描绘了藕香榭的优美环境，还通过“芙蓉影破”和“菱藕香深”的描写，营造出一种清幽、静谧的氛围，为贾母一行人的赏桂活动增添了诗意。

这副对联也暗示了大观园中人物的高洁与雅致。上联“芙蓉影破归兰桨”中的“芙蓉”象征着高洁，与探春、惜春等人的性格特征相呼应；下联“菱藕香深写竹桥”则表现出藕香榭的清幽与雅致，也暗示了惜春的高洁与孤傲。

菊花诗

忆 菊（蘅芜君）

怅望西风抱闷思，蓼红苇白断肠时。
空篱旧圃秋无迹，瘦月清霜梦有知。
念念心随归雁远，寥寥坐听晚砧痴。
谁怜我为黄花病，慰语重阳会有期。

解析

这是薛宝钗在菊花诗社中所作的诗。这首诗是大观园菊花诗社的开篇之作，奠定了咏菊诗的基调。

从人物命运角度来看，这首诗预示了宝钗未来独居时的凄凉情绪。诗中的“断肠时”“梦有知”等，暗示了她对宝玉的思念以及未来的无奈与哀怨。红学家认为，宝钗所忆之人可能是离家出走的宝玉，体现了她对理想爱情的渴望与失落。诗中的“空篱旧圃秋无迹”象征着大观园的衰败，而“瘦月清霜梦有知”则暗示了宝钗在贾府衰落后孤独的生活。整首诗通过对菊花的思念，映射出宝钗内心的无奈与对未来命运的隐忧。

访 菊（怡红公子）

闲趁霜晴试一游，酒杯药盏莫淹留。
霜前月下谁家种？槛外篱边何处秋？
蜡屐远来情得得，冷吟不尽兴悠悠。
黄花若解怜诗客，休负今朝拄杖头。

解析

这是贾宝玉在菊花诗社中所作的诗。从情节发展来看，《访菊》展现了宝玉在大观园中闲适的生活状态和对自由生活的渴望。诗中“闲趁霜晴试一游”描绘了在霜晴之日外出寻菊的情景，体现了宝玉对美好生活的向往。红学家认为，这首诗体现了宝玉对女性的尊重与保护，他将菊花比作女性，表达了对她们的关爱。

诗中的“霜前月下谁家种”暗示了宝玉对未来的迷茫，而“黄花若解怜诗客”则表达了他对美好事物的留恋。整首诗通过对菊花的寻访，映射出宝玉内心的孤独与对未来的不确定。

种 菊（怡红公子）

携锄秋圃自移来，篱畔庭前故故栽。
昨夜不期经雨活，今朝犹喜带霜开。
冷吟秋色诗千首，醉酹寒香酒一杯。
泉溉泥封勤护惜，好知井径绝尘埃。

解析

这诗同样是贾宝玉所作。《种菊》描绘了宝玉亲自种菊的情景，展现了他对生活的热爱与对美好事物的呵护，反映了他对女性的尊重与保护。宝玉将菊花比作女性，通过种菊、护菊，表达了他对女性的关爱与呵护。诗中的“昨夜不期经雨活，今朝犹喜带霜开”象征了宝玉对美好事物的珍惜与留恋，而“冷吟秋色诗千首”则暗示了他对未来的孤独与无奈。“泉溉泥封勤护惜”暗示了他对女性的细心呵护，而“好知井径绝尘埃”则表达了他对纯洁世界的向往。

对　菊（枕霞旧友）

别圃移来贵比金，一丛浅淡一丛深。
萧疏篱畔科头坐，清冷香中抱膝吟。
数去更无君傲世，看来惟有我知音！
秋光荏苒休辜负，相对原宜惜寸阴。

解析

这是史湘云在菊花诗社中所作的诗。湘云通过对菊花的描写，表达了对美好时光的珍惜之情，体现了豪爽不羁的性格。诗中的“数去更无君傲世，看来惟有我知音”两句，不仅展现了湘云的潇洒风度，还暗示了她对世俗的不屑与孤傲。湘云的这种性格在贾府中显得格外突出，她的命运也与这种性格密切相关。

此外，诗中的“清冷香中抱膝吟”暗示了湘云未来的孤独与凄凉。尽管她性格豪爽，但命运却并不如意，最终也难逃“薄命司”的归宿。

供　菊（枕霞旧友）

弹琴酌酒喜堪俦，几案婷婷点缀幽。
隔坐香分三径露，抛书人对一枝秋。
霜清纸帐来新梦，圃冷斜阳忆旧游。
傲世也因同气味，春风桃李未淹留。

解析

本诗同样是史湘云在菊花诗社中所作的诗。这首诗反映了湘云的孤傲与不随波逐流的性格。诗中的“傲世也因同气味”一句，暗示了她对世俗的不屑和对高洁品格的追求。诗中的“圃冷斜阳忆旧游”暗示了湘云未来的命运。斜阳与冷圃的意象，预示了她繁华落尽后的凄凉。

咏 菊（潇湘妃子）

无赖诗魔昏晓侵，绕篱欹石自沉音。
毫端运秀临霜写，口角噙香对月吟。
满纸自怜题素怨，片言谁解诉秋心？
一从陶令平章后，千古高风说到今。

解析

本诗是林黛玉在菊花诗社中所作的诗。从情节发展来看，《咏菊》是黛玉在菊花诗社中所作的三首诗之一，被评为第一。这首诗不仅展现了黛玉的才情，还表达了她内心的孤独与悲怨。

这首诗深刻反映了黛玉的性格与命运。诗中的“满纸自怜题素怨，片言谁解诉秋心”两句，道出了她多愁善感的性格特点，同时也暗示了她内心的孤独与不被理解。红学家认为，这首诗不仅是黛玉对菊花的咏叹，更是她对自己命运的隐喻。诗中的“一从陶令评章后，千古高风说到今”两句，暗示了黛玉对高洁品格的追求，但也预示了她命运的悲剧性。

画 菊（蘅芜君）

诗余戏笔不知狂，岂是丹青费较量？
聚叶泼成千点墨，攒花染出几痕霜。
淡浓神会风前影，跳脱秋生腕底香。
莫认东篱闲采掇，粘屏聊以慰重阳。

解析

本诗为薛宝钗所作。宝钗以“画菊”为主题，通过对绘画过程的描写，展现了菊花的高雅与清冷，也体现了她的端庄稳重与内敛自持。诗中的“莫认东篱闲采掇，粘屏聊以慰重阳”暗示了宝钗未来的婚姻生活。她与宝玉的婚姻有名无实，如同画中的菊花，只能“粘屏聊以慰重阳”，无法真正拥有幸福。

问　菊（潇湘妃子）

欲讯秋情众莫知，喃喃负手叩东篱。
孤标傲世偕谁隐？一样开花为底迟？
圃露庭霜何寂寞？鸿归蛩病可相思？
休言举世无谈者，解语何妨话片时。

解析

《问菊》是黛玉在菊花诗社中所作的三首诗之一，展现了她对菊花的深情与好奇。这首诗以“问菊”为主题，通过对菊花的提问，表达了黛玉内心的孤独与对知己的渴望，也深刻反映了黛玉的性格与命运。诗中的“孤标傲世偕谁隐？一样花开为底迟”不仅表达了她对高洁品格的追求，也暗示了她内心的孤独与不被理解。“圃露庭霜何寂寞”暗示了黛玉未来的凄凉命运，而“鸿归蛩病可相思”则表达了她对宝玉的思念与牵挂。

簪　菊（贾探春）

瓶供篱栽日日忙，折来休认镜中妆。
长安公子因花癖，彭泽先生是酒狂。
短鬓冷沾三径露，葛巾香染九秋霜。
高情不入时人眼，拍手凭他笑路旁。

解析

这是贾探春在菊花诗社中所作的诗。簪菊，即插菊花于头上，是古时风俗。《簪菊》不仅反映了重阳节簪菊的风俗，也体现了探春豪爽不羁的个性与雅趣。诗中的“高情不入时人眼，拍手凭他笑路旁”表达了她对世俗的不屑与孤傲。探春的这种性格使她在贾府中显得格外与众不同，但也注定了她未来的孤独与凄凉。

菊　影（枕霞旧友）

秋光叠叠复重重，潜度偷移三径中。
窗隔疏灯描远近，篱筛破月锁玲珑。
寒芳留照魂应驻，霜印传神梦也空。
珍重暗香休踏碎，凭谁醉眼认朦胧？

解析

《菊影》描绘了菊花在不同情形中的影子，展现了湘云对菊花的细腻观察和独特审美。诗中通过对菊影的描写，营造出一种朦胧而梦幻的意境，体现了大观园中才女们的雅趣，反映了湘云内心也有着细腻的一面。诗中的“寒芳留照魂应驻，霜印传神梦也空”暗示了她未来的凄凉命运，尽管她性格豁达，但命运却并不如意。

菊　梦（潇湘妃子）

篱畔秋酣一觉清，和云伴月不分明。
登仙非慕庄生蝶，忆旧还寻陶令盟。
睡去依依随雁断，惊回故故恼蛩鸣。
醒时幽怨同谁诉：衰草寒烟无限情！

解析

《菊梦》以拟人的手法写菊花的梦境，实际上是黛玉自己梦幻般的情思。这首诗不仅展现了黛玉的才情，还通过菊花的梦境，表达了她内心的孤独与悲怨。诗中的“登仙非慕庄生蝶，忆旧还寻陶令盟”暗示了黛玉对理想爱情的追求，而“醒时幽怨同谁诉”则表达了她内心的孤独与无奈。诗中的“和云伴月”“登仙”等语句，带有明显的不祥之兆，暗示了黛玉未来的悲剧命运。

残　菊（蕉下客）

露凝霜重渐倾欹，宴赏才过小雪时。
蒂有余香金淡泊，枝无全叶翠离披。
半床落月蛩声病，万里寒云雁阵迟。
明岁秋风知再会，暂时分手莫相思！

解析

《残菊》是十二首菊花诗的最后一首，总收前题之盛。这首诗描绘了菊花在霜露中凋零的景象，展现了探春对菊花的怜惜之情。诗中的“蒂有余香金淡泊，枝无全叶翠离披”暗示了探春未来的凄凉命运，尽管她努力维护家族的尊严，但最终也无法改变家族的衰败。“半床落月蛩声病，万里寒云雁阵迟”不仅描绘了残菊的景象，也暗示了探春未来远嫁的孤独与无奈。而“明岁秋风”“暂时分手”等语，也仅可视作安慰之语罢了。

《菊花诗》与《咏白海棠》属同一类型，都在花事吟赏上反映了当时的都城社会习俗和有闲阶级的文化生活情趣。

螃蟹咏

其　一（贾宝玉）

持螯更喜桂阴凉，泼醋擂姜兴欲狂。

饕餮（tāo tiè）王孙应有酒，横行公子却无肠。
脐间积冷馋忘忌，指上沾腥洗尚香。
原为世人美口腹，坡仙曾笑一生忙。

其　二（林黛玉）

铁甲长戈死未忘，堆盘色相喜先尝。
螯封嫩玉双双满，壳凸红脂块块香。
多肉更怜卿八足，助情谁劝我千觞？
对斟佳品酬佳节，桂拂清风菊带霜。

其　三（薛宝钗）

桂霭桐阴坐举觞，长安涎口盼重阳。
眼前道路无经纬，皮里春秋空黑黄！
酒未敌腥还用菊，性防积冷定须姜。
于今落釜成何益？月浦空余禾黍香。

解析

《螃蟹咏》是《菊花诗》的继续。在做完菊花诗、吃蟹赏桂之际，宝玉先吟成一首，问谁还敢作。黛玉随手写了一首，但接着就撕了。宝钗也写了一首，受到众人称赞。

这三首诗中，前两首是陪衬，宝钗的诗才是重点。全诗讥刺现实黑暗政治中的丑恶人物，尤以“眼前道路无经纬，皮里春秋空黑黄”最为明确。小说中写道：“看到这里，众人不禁叫绝。宝玉道：‘写得痛快！我的诗也该烧了。’”

第四十回

探春房内对联

烟霞闲骨格，泉石野生涯。

解析

这副对联不仅是探春房间的装饰，更是对她性格和命运的隐喻。探春有治家的“精明”，颇想“立出一番事业来”，显示出封建士大夫的气度。她虽然出身庶出，但志向高远，不甘于命运的安排。同时，这副对联中“闲骨格”和“野生涯”的追求，也是封建士大夫的雅趣。

一些评论认为，这副对联不仅是对探春性格的描绘，也是对她命运的隐喻。它通过“烟霞”和“泉石”的意象，展现了探春对自由生活的向往，同时也暗示了她未来的孤独和无奈。

牙牌令

其　一（贾　母）

左边是张“天”。—— 头上有青天。
当中是个五与六。—— 六桥梅花香彻骨。
剩了一张六与幺。—— 一轮红日出云霄。
凑成便是个“蓬头鬼”。—— 这鬼抱住钟馗腿。

其　二（薛姨妈）

左边是个“大长五”。—— 梅花朵朵风前舞。

右边是个“大五长”。——十月梅花岭上香。
当中“二五”是杂七。——织女牛郎会七夕。
凑成“二郎游五岳”。——世人不及神仙乐。

其　三（史湘云）

左边“长幺”两点明。——双悬日月照乾坤。
右边“长幺”两点明。——闲花落地听无声。
中间还得“幺四”来。——日边红杏倚云栽。
凑成“樱桃九熟”。——御园却被鸟衔出。

其　四（薛宝钗）

左边是“长三”。——双双燕子语梁间。
右边是“三长”。——水荇牵风翠带长。
当中“三六”九点在。——三山半落青天外。
凑成“铁锁练孤舟”。——处处风波处处愁。

其　五（林黛玉）

左边一个“天”。——良辰美景奈何天。
中间“锦屏”颜色俏。——纱窗也没有红娘报。
剩了“二六”八点齐。——双瞻玉座引朝仪。
凑成“篮子”好采花。——仙杖香挑芍药花。

其　六（贾迎春）

左边“四五”成花九。——桃花带雨浓。

其　七（刘姥姥）

左边“四四”是个“人”。——是个庄稼人罢。
中间“三四”绿配红。——大火烧了毛毛虫。
右边“幺四”真好看。——一个萝卜一头蒜。
凑成便是“一枝花”。——花儿落了结个大倭瓜。

解析

牙牌令是贾母两宴大观园席上行的酒令，是饮酒、赌博、文字游戏三者的结合。贾母、薛姨妈等长辈答的令语多用俗语，而宝钗、黛玉等才女则引经据典，体现了不同人物的文化修养。

此酒令中蕴含的诗词典故也暗示了人物的性格与命运。例如，林黛玉的牙牌令中有“良辰美景奈何天”“纱窗也没有红娘报”，暗示了她对爱情的渴望与无奈。宝钗的牙牌令“三山半落青天外，处处风波处处愁”则反映了她内心的孤独与未来的命运。

第四十五回

代别离·秋窗风雨夕（林黛玉）

秋花惨淡秋草黄，耿耿秋灯秋夜长。
已觉秋窗秋不尽，那堪风雨助凄凉。
助秋风雨来何速？惊破秋窗秋梦绿。
抱得秋情不忍眠，自向秋屏移泪烛。
泪烛摇摇爇（ruò）短檠（qíng），牵愁照恨动离情。
谁家秋院无风入？何处秋窗无雨声？
罗衾不奈秋风力，残漏声催秋雨急。
连宵脉脉复飕飕，灯前似伴离人泣。

寒烟小院转萧条，疏竹虚窗时滴沥。
不知风雨几时休，已教泪洒窗纱湿。

解析

《秋窗风雨夕》是林黛玉伤悼身世之作。该诗仿照张若虚《春江花月夜》的格调，表达了黛玉内心的孤独与对未来的不幸预感。林黛玉在秋夜病卧潇湘馆，听到窗外风雨交加，触景生情，写下这首诗。诗中“秋花惨淡秋草黄，耿耿秋灯秋夜长”描绘了凄凉的秋夜景象，烘托出黛玉内心的孤独与无助。与《葬花吟》不同，该诗更显苦闷和颓伤，反映出黛玉在病势加深的情况下，愈发消沉。

红学家指出，这首诗并非单纯地伤悼身世，也是对黛玉悲剧命运的隐喻。诗中“不知风雨几时休，已教泪洒窗纱湿”暗示了黛玉最终泪尽而逝的悲剧结局。《红楼梦曲》中的“想眼中能有多少泪珠儿，怎经得秋流到冬尽，春流到夏”，与这首诗中的意境相呼应。

第四十八回

吟月三首（香　菱）

其　一

月挂中天夜色寒，清光皎皎影团团。
诗人助兴常思玩，野客添愁不忍观。
翡翠楼边悬玉镜，珍珠帘外挂冰盘。
良宵何用烧银烛，晴彩辉煌映画栏。

其　二

非银非水映窗寒，试看晴空护玉盘。
淡淡梅花香欲染，丝丝柳带露初干。
只疑残粉涂金砌，恍若轻霜抹玉栏。
梦醒西楼人迹绝，余容犹可隔帘看。

其　三

精华欲掩料应难，影自娟娟魄自寒。
一片砧敲千里白，半轮鸡唱五更残。
绿蓑江上秋闻笛，红袖楼头夜倚栏。
博得嫦娥应借问：何缘不使永团圆？

解析

这是香菱在黛玉指导下学习作诗的过程中的作品。香菱从“惯养娇生”的乡宦小姐，先沦为奴隶，后做了薛蟠的侍妾，在大观园里的地位低于小姐而高于丫头，她渴望上层社会的精神生活。

香菱学诗体现了大观园中对文学艺术的热爱与追求。香菱在黛玉的指导下，从最初的生疏到逐渐掌握作诗的技巧，展现了她的勤奋与聪慧。香菱命运多舛，但她对诗歌的热爱与追求，体现了她内心对美好生活的向往。

第五十回

芦雪广（yǎn）即景联句

一夜北风紧，（熙凤）开门雪尚飘。
入泥怜洁白，（李纨）匝地惜琼瑶。
有意荣枯草，（香菱）无心饰萎苕。
价高村酿熟，（探春）年稔府粱饶。
葭动灰飞管，（李绮）阳回斗转杓。
寒山已失翠，（李纹）冻浦不闻潮。
易挂疏枝柳，（岫烟）难堆破叶蕉。
麝煤融宝鼎，（湘云）绮袖笼金貂。
光夺窗前镜，（宝琴）香粘壁上椒。
斜风仍故故，（黛玉）清梦转聊聊。
何处梅花笛？（宝玉）谁家碧玉箫？
鳌愁坤轴陷，（宝钗）龙斗阵云销。
野岸回孤棹，（湘云）吟鞭指灞桥。
赐裘怜抚戍，（宝琴）加絮念征徭。
坳垤（dié）审夷险，（湘云）枝柯怕动摇。
皑皑轻趁步，（宝钗）剪剪舞随腰。
煮芋成新赏，（黛玉）撒盐是旧谣。
苇蓑犹泊钓，（宝玉）林斧不闻樵。
伏象千峰凸，（宝琴）盘蛇一径遥。
花缘经冷结，（湘云）色岂畏霜凋。
深院惊寒雀，（探春）空山泣老鸮。
阶墀随上下，（岫烟）池水任浮漂。
照耀临清晓，（湘云）缤纷入永宵。

诚忘三尺冷，（黛玉）瑞释九重焦。
僵卧谁相问？（湘云）狂游客喜招。
天机断缟带，（宝琴）海市失鲛绡。（湘云）
寂寞对台榭，（黛玉）清贫怀箪瓢。（湘云）
烹茶冰渐沸，（宝琴）煮酒叶难烧。（湘云）
没帚山僧扫，（黛玉）埋琴稚子挑。（宝琴）
石楼闲睡鹤，（湘云）锦罽暖亲猫。（黛玉）
月窟翻银浪，（宝琴）霞城隐赤标。（湘云）
沁梅香可嚼，（黛玉）淋竹醉堪调。（宝钗）
或湿鸳鸯带，（宝琴）时凝翡翠翘。（湘云）
无风仍脉脉，（黛玉）不雨亦潇潇。（宝琴）
欲志今朝乐，（李纹）凭诗祝舜尧。（李绮）

解析

此诗是宝玉与众姊妹相聚于芦雪广"割腥啖膻"，饮酒赏雪时所共吟。芦雪广吟咏，参加联句者多达十二人，热闹非凡。联句中不同人物的诗句体现了他们的性格特点。例如，王熙凤的"一夜北风紧"虽然简单，却为全诗留下了广阔的发挥空间；黛玉的"香粘壁上椒"则展现了她的细腻与才情；湘云的"难堆破叶蕉"则体现了她的豪爽与机智。有评论认为，这首诗不仅是对雪景的描写，更是对大观园命运的隐喻。如联句中的"寒山已失翠，冻浦不闻潮"等句，暗示了大观园的衰败和众人的离散。

清代有人评这首联句："起首插入凤姐，自是新妙，然后半太嫌杂乱，毫无精彩。……且黛玉联句中既有'斜风仍故故'，又有'无风仍脉脉'，断无此复叠之法。雪芹于此似欠检点。"（野鹤《读红楼札记》）

赋得红梅花三首

咏红梅花得红字（邢岫烟）

桃未芳菲杏未红，冲寒先已笑东风。
魂飞庾岭春难辨，霞隔罗浮梦未通。
绿萼添妆融宝炬，缟仙扶醉跨残虹。
看来岂是寻常色，浓淡由他冰雪中。

咏红梅花得梅字（李　纹）

白梅懒赋赋红梅，逞艳先迎醉眼开。
冻脸有痕皆是血，酸心无恨亦成灰。
误吞丹药移真骨，偷下瑶池脱旧胎。
江北江南春灿烂，寄言蜂蝶漫疑猜。

咏红梅花得花字（薛宝琴）

疏是枝条艳是花，春妆儿女竞奢华。
闲庭曲槛无余雪，流水空山有落霞。
幽梦冷随红袖笛，游仙香泛绛河槎。
前身定是瑶台种，无复相疑色相差。

解析

这三首诗是在大观园中众姐妹聚会时吟咏的。邢岫烟的诗中提到红梅冲寒而放，暗示了她尽管出身贫寒，却依然保持高洁的品格；李纹的诗中“皆是血”“亦成灰”，则反映了她的悲惨遭遇，可能暗示了她失去亲人的痛苦；薛宝琴的诗则展现了她作为豪门千金的奢华气息，体现了她对生活的热爱和对美好事物的追求。这三首诗不仅展现了人物的性格特点，还通过梅花的意象，反映了她们对未来的期望。

访妙玉乞红梅（贾宝玉）

酒未开樽句未裁，寻春问腊到蓬莱。
不求大士瓶中露，为乞孀娥槛外梅。
入世冷挑红雪去，离尘香割紫云来。
槎枒谁惜诗肩瘦，衣上犹沾佛院苔。

解析

这首诗是在众人罚宝玉去访妙玉乞红梅的背景下创作的。诗中“入世冷挑红雪去，离尘香割紫云来”暗示了宝玉在世俗与超脱之间的挣扎。“槎枒谁惜诗肩瘦，衣上犹沾佛院苔”暗示了宝玉未来的出家之路。他对梅花的渴望不仅是对美好事物的追求，也反映了他对现实生活的逃避。他在踏雪寻梅的过程中，虽有对梅花的渴望，但内心深处对清静生活的向往也在不断增强。这首诗通过对梅花的描写，展现了宝玉内心的矛盾与挣扎，为后续情节的发展埋下伏笔。

点绛唇·耍的猴儿谜（史湘云）

溪壑分离，红尘游戏，真何趣？名利犹虚，后事终难继。

解析

《点绛唇·耍的猴儿谜》以猴子为谜底，只让宝玉猜中，也不是偶然的。因为它句句适用于宝玉，正应了他“悬崖撒手”，弃家为僧的结局。

灯谜诗

其　一（薛宝钗）

镂檀锲梓一层层，岂系良工堆砌成？
虽是半天风雨过，何曾闻得梵铃声？

其　二（贾宝玉）

天上人间两渺茫，琅玕节过谨提防。
鸾音鹤信须凝睇，好把唏嘘答上苍。

其　三（林黛玉）

騄駬（lù ěr）何劳缚紫绳？驰城逐堑势狰狞。
主人指示风雷动，鳌背三山独立名。

解析

灯谜活动是在贾母的提议下进行的，旨在为正月增添欢乐气氛。然而，这些灯谜诗却并非单纯的娱乐，而是如谶语般具有深刻含意。例如，贾宝玉的灯谜表面上看似与风筝有关，实则暗示了他与黛玉的阴阳两隔。薛宝钗的灯谜则暗示了她虽有贤良淑德，但最终未能改变命运的无奈。而林黛玉的灯谜则被解读为暗示了她短暂而悲剧的一生。

第五十一回

怀古绝句十首（薛宝琴）

赤壁怀古

赤壁沉埋水不流，徒留名姓载空舟。
喧阗一炬悲风冷，无限英魂在内游。

交趾怀古

铜铸金镛振纪纲，声传海外播戎羌。
马援自是功劳大，铁笛无烦说子房。

钟山怀古

名利何曾伴汝身，无端被诏出凡尘。
牵连大抵难休绝，莫怨他人嘲笑频。

淮阴怀古

壮士须防恶犬欺，三齐位定盖棺时。
寄言世俗休轻鄙，一饭之恩死也知。

广陵怀古

蝉噪鸦栖转眼过，隋堤风景近如何？
只缘占得风流号，惹出纷纷口舌多。

桃叶渡怀古

衰草闲花映浅池，桃枝桃叶总分离。
六朝梁栋多如许，小照空悬壁上题。

青冢怀古

黑水茫茫咽不流，冰弦拨尽曲中愁。
汉家制度诚堪叹，樗栎（chū lì）应惭万古羞。

马嵬怀古

寂寞脂痕渍汗光，温柔一旦付东洋。
只因遗得风流迹，此日衣衾尚有香。

蒲东寺怀古

小红骨贱最身轻，私掖偷携强撮成。
虽被夫人时吊起，已经勾引彼同行。

梅花观怀古

不在梅边在柳边，个中谁拾画婵娟?
团圆莫忆春香到，一别西风又一年。

解析

这是薛宝琴所作的一组怀古诗，这些诗作不仅展现了薛宝琴的才情，更通过“以古讽今”的手法，巧妙地暗示了贾府及众人的命运走向。

此时，正值贾府繁盛。然而，诗中所蕴含的悲凉与哀怨，却与表面的繁华形成了鲜明对比。这种对比不仅增强了小说的戏剧性，也暗示了贾府由盛转衰的必然命运。

这些诗作大多与小说中的人物或事件有着隐喻关系。例如，《广陵怀古》被认为隐喻了晴雯的悲剧命运，诗中的“蝉噪鸦栖转眼过”暗示了晴雯的短暂人生和不幸遭遇。又如，《青冢怀古》中“黑水茫茫咽不流”一句，被解读为暗示了探春远嫁的命运，表达了她远离家乡、无人倾诉的悲凉。

这些诗作不仅丰富了小说的文化内涵，也为读者解读《红楼梦》提供了重要的线索和启示。

第六十二回

酒令三首

其　一（林黛玉）

落霞与孤鹜齐飞，风急江天过雁哀，
却是一只折足雁，叫得人九回肠。——这是鸿雁来宾。
榛子非关隔院砧，何来万户捣衣声？

其　二（史湘云）

奔腾而砰湃，江间波浪兼天涌，
须要铁索缆孤舟，既遇着一江风，——不宜出行。
这鸭头不是那丫头，头上那有桂花油？

其　三（史湘云）

泉香而酒冽，玉碗盛来琥珀光，

直饮到梅梢月上，醉扶归，——却为宜会亲友。

解析

这是宝玉等过生日在大观园摆酒庆祝时行的酒令，黛玉哀怨，湘云放达。黛玉的身世遭遇恰如其酒令中的折足孤雁，失伴哀鸣。这种哀怨的情绪与黛玉的身世密切相关，她的命运在欢乐的表象下显得格外凄凉。

湘云幼小时父母早丧，后来又夫妻离散，青春孤居；其生活历程也正像江上孤舟，数经风涛。第一首描绘了江水汹涌的景象，暗示了湘云性格的豪放不羁与命运的坎坷。第二首是湘云醉眠芍药裀时的睡语，展现了她的洒脱与天真。湘云的酒令不仅体现了她的个性，还通过“睡语说酒令”的细节，为她的形象增添了浪漫主义色彩。

射覆四首

其　一

圃

老——吾不如老圃。（薛宝琴覆）

药——（众人提示香菱射）

其　二

鸡
人、窗——鸡人、鸡窗。（贾探春覆）
埘——鸡栖于埘。（薛宝钗射）

其　三

樽
瓢——（李纨覆）
绿——（邢岫烟射）

其　四

玉
宝——此乡多宝玉。（薛宝钗覆）
钗——敲断玉钗红烛冷。（贾宝玉射）
宝钗无日不生尘。（香菱联想提及）

解析

“射覆”是一种酒令，是把某物先遮盖或隐藏起来，让人猜。这些射覆令看似是酒宴上的游戏，实则是曹雪芹精心设计的“谶语”，隐喻人物的性格和命运走向。这种手法不仅丰富了情节，更深化了人物形象，使《红楼梦》的叙事更具层次感和深度。

第六十三回

《邯郸记》中《赏花时》曲（明·汤显祖）

翠凤毛翎扎帚叉，闲为仙人扫落花。你看那风起玉尘砂，猛可的那一层云下，抵多少门外即天涯！你再休要剑斩黄龙一线儿差，再休向东老贫穷卖酒家。你与俺眼向云霞。洞宾呵，你得了人可便早些儿回话；若迟呵，错叫人留恨碧桃花。

解析

这首曲子在《红楼梦》中由芳官在宝钗命其演唱时唱出，其内容和情境都与故事情节、人物命运紧密相连，暗合宝钗对宝玉的期望与无奈。

宝钗抽到牡丹花签后，命芳官唱曲。曲中“翠凤毛翎扎帚叉，闲为仙人扫落花”描绘了何仙姑在天门扫花的场景，营造出一种超凡脱俗的意境，与大观园中群芳夜宴的热闹形成鲜明对比。“您再休要剑斩黄龙一线儿差，再休向东老贫穷卖酒家”暗示了宝钗对宝玉的劝诫。宝钗性格端庄稳重，她希望宝玉不要沉迷于世俗的纷扰，而应追求更高尚的境界。然而，宝玉最终还是出家为僧，这也与曲中“门外即天涯”“留恨碧桃花”相呼应。

第六十四回

五美吟（林黛玉）

西　施

一代倾城逐浪花，吴宫空自忆儿家。

效颦莫笑东村女，头白溪边尚浣纱。

虞　姬

肠断乌骓夜啸风，虞兮幽恨对重瞳。
黥彭甘受他年醢（hǎi），饮剑何如楚帐中？

明　妃

绝艳惊人出汉宫，红颜薄命古今同。
君王纵使轻颜色，予夺权何畀（bì）画工？

绿　珠

瓦砾明珠一例抛，何曾石尉重娇娆？
都缘顽福前生造，更有同归慰寂寥。

红　拂

长揖雄谈态自殊，美人巨眼识穷途。
尸居余气杨公幕，岂得羁縻女丈夫？

解析

《五美吟》出现在黛玉独居潇湘馆时，她说：“我曾见古史中有才色的女子，终身遭际，令人可欣、可羡、可悲、可叹者甚多……胡乱凑几首诗，以寄感慨。”宝玉翻见后，将它题为《五美吟》。这组诗不仅是黛玉对古代才女命运的感慨，更是她自身命运的隐喻。

黛玉通过吟咏五位才女的命运，抒发了自己对命运的无奈和对未来的忧虑。诗中所写的内容多为死亡、别离、事败或被拘系，暗示了黛玉对自身命运的悲观预感。

黛玉在诗中表达了对“红颜薄命”的愤慨。例如，在《明妃》一诗中，她批判了汉元帝的昏庸，指出王昭君的悲剧是统治者的无能所致。这种批判也反映了黛玉对自己命运的无奈，她虽有才情，却无法摆脱家族衰败和个人命运的悲剧。

只为同枝贪色欲

只为同枝贪色欲，致教连理起戈矛。

解析

这两句诗出现在贾琏与尤二姐的婚事中。贾琏因贪恋尤二姐的美色，不顾国孝家孝在身，偷偷迎娶她为妾。然而，这段婚姻最终引发了家族内部的矛盾和冲突，导致尤二姐的悲惨结局。贾珍、贾琏是兄弟，与贾蓉是父子和叔侄关系，他们都“贪色欲”。“连理”即连理枝，形容贾琏与凤姐的关系。有评论认为，这两句诗是承前启后写法，对将要发生的事，做一点暗示，以增读者的悬念。

第六十六回

尤三姐自刎

揉碎桃花红满地，玉山倾倒再难扶！

解析

尤三姐自刎的情节是《红楼梦》中极具戏剧张力的悲剧片段。她以“鸳鸯剑”自刎明志的决绝，既是对柳湘莲误解的悲愤反抗，也是对封建礼教压迫下女性尊严的终极捍卫。现代学者周汝昌指出，尤三姐的悲剧是“情与礼”冲突的极端体现，她的自刎不仅是个人命运的终结，更折射出封建社会中女性被物化与道德绑架的残酷现实。对尤三姐之死，曹雪芹是怀着十分同情和惋惜的心情描写的。

第七十回

桃花行（林黛玉）

桃花帘外东风软，桃花帘内晨妆懒。
帘外桃花帘内人，人与桃花隔不远。
东风有意揭帘栊，花欲窥人帘不卷。
桃花帘外开仍旧，帘中人比桃花瘦。
花解怜人花亦愁，隔帘消息风吹透。
风透湘帘花满庭，庭前春色倍伤情。
闲苔院落门空掩，斜日栏杆人自凭。
凭栏人向东风泣，茜裙偷傍桃花立。
桃花桃叶乱纷纷，花绽新红叶凝碧。
雾裹烟封一万株，烘楼照壁红模糊。
天机烧破鸳鸯锦，春酣欲醒移珊枕。
侍女金盆进水来，香泉影蘸胭脂冷。
胭脂鲜艳何相类，花之颜色人之泪。
若将人泪比桃花，泪自长流花自媚。
泪眼观花泪易干，泪干春尽花憔悴。
憔悴花遮憔悴人，花飞人倦易黄昏。
一声杜宇春归尽，寂寞帘栊空月痕。

解析

《桃花行》是林黛玉借桃花自喻的泣血之作。诗中将“胭脂色”与“血泪”并置，暗喻黛玉寄人篱下的飘零身世与缠绵病榻的脆弱生命；更以“泪尽花枯”的意象，预示其“焚稿断痴情”“魂归离恨天”的结局。《桃花行》以“物我同构”的手法，将黛玉的孤傲、敏感与桃花的娇艳、易逝融为一体，形成“人花互喻”的美学意境。结尾“杜宇啼血”典故的化用，更深化了诗中的悲怆基调，暗示宝黛爱情如暮春残花，终将湮灭于封建家族利益的寒霜之下。此诗不仅是黛玉才情的巅峰展现，更是曹雪芹对“千红一哭，万艳同悲”命运交响的终极预言。“宝玉看了并不称赞，却滚下泪来，便知出自黛玉。”

柳絮词

如梦令（史湘云）

岂是绣绒残吐，卷起半帘香雾。纤手自拈来，空使鹃啼燕妒。且住，且住！莫放春光别去！

南柯子（贾探春上阕，贾宝玉下阕）

空挂纤纤缕，徒垂络络丝。也难绾系也难羁，一任东西南北各分离。　　落去君休惜，飞来我自知。莺愁蝶倦晚芳时，纵是明春再见，隔年期。

唐多令（林黛玉）

粉堕百花洲，香残燕子楼。一团团逐对成毬。飘泊亦如人命薄，空缱绻，说风流！　　草木也知愁，韶华竟白头。叹今生、谁拾谁收！嫁与东风春不管，凭尔去，忍淹留！

西江月（薛宝琴）

汉苑零星有限，隋堤点缀无穷。三春事业付东风，明月梅花一梦。　　几处落红庭院？谁家香雪帘栊？江南江北一般同，偏是离人恨重！

临江仙（薛宝钗）

白玉堂前春解舞，东风卷得均匀。蜂围蝶阵乱纷纷。几曾随逝水？岂必委芳尘？　　万缕千丝终不改，任他随聚随分。韶华休笑本无根，好风频借力，送我上青云。

解析

《柳絮词》是大观园众人在暮春时节所作的词。这些词作不仅描绘了柳絮飘飞的景象，更通过意境和情感暗示了众多人物的命运。

史湘云的《如梦令》表达了对春光的留恋和惋惜。湘云的这首词象征着她对短暂美满生活的留恋，而最终她仍将陷入悲苦的境地。林黛玉的《唐多令》则充满了悲凉与无奈。她以“粉堕百花洲，香残燕子楼”起笔，暗示了自身命运的无常和悲惨。薛宝钗的《临江仙》则展现出一种豁达与超脱。“好风频借力，送我上青云”表达了对命运的顺应和对未来的乐观态度。

第七十六回

中秋夜大观园即景联句三十五韵

三五中秋夕，（黛玉）清游拟上元。
撒天箕斗灿，（湘云）匝地管弦繁。
几处狂飞盏？（黛玉）谁家不启轩？
轻寒风剪剪，（湘云）良夜景暄暄。
争饼嘲黄发，（黛玉）分瓜笑绿媛。
香新荣玉桂，（湘云）色健茂金萱。
蜡烛辉琼宴，（黛玉）觥筹乱绮园。
分曹尊一令，（湘云）射覆听三宣。
骰彩红成点，（黛玉）传花鼓滥喧。
晴光摇院宇，（湘云）素彩接乾坤。
赏罚无宾主，（黛玉）吟诗序仲昆。
构思时倚槛，（湘云）拟景或依门。
酒尽情犹在，（黛玉）更残乐已谖（xuān）。
渐闻语笑寂，（湘云）空剩雪霜痕。
阶露团朝菌，（黛玉）庭烟敛夕棔。
秋湍泻石髓，（湘云）风叶聚云根。
宝婺情孤洁，（黛玉）银蟾气吐吞。
药经灵兔捣，（湘云）人向广寒奔。
犯斗邀牛女，（黛玉）乘槎访帝孙。
盈虚轮莫定，（湘云）晦朔魄空存。
壶漏声将涸，（黛玉）窗灯焰已昏。
寒塘渡鹤影，（湘云）冷月葬花魂。（黛玉）
香篆销金鼎，脂冰腻玉盆。

箫增嫠（lí）妇泣，衾倩（qìng）侍儿温。
空帐悬文凤，闲屏掩彩鸳。
露浓苔更滑，霜重竹难扪（mén）。
犹步萦纡沼，还登寂历原。
石奇神鬼搏，木怪虎狼蹲。
赑屃（bì xì）朝光透，罘罳（fú sī）晓露屯。
振林千树鸟，啼谷一声猿。
歧熟焉忘径，泉知不问源。
钟鸣栊翠寺，鸡唱稻香村。
有兴悲何继？无愁意岂烦？
芳情只自遣，雅趣向谁言！
彻旦休云倦，烹茶更细论。（妙玉）

解析

这是林黛玉、史湘云在中秋夜于凹晶馆联句所作，后由妙玉续完。

诗中开头描写中秋夜宴的热闹场景，如“匝地管弦繁”“蜡烛辉琼宴”，但随后逐渐转入凄清与寂寞，如“酒尽情犹在，更残乐已谖”，暗示了贾府由盛转衰的必然趋势。湘云与黛玉的联句充满了对未来的预感。湘云的“庭烟敛夕棔”“盈虚轮莫定”等句，象征着她命运的变幻无常；黛玉的“阶露团朝菌”“壶漏声将涸”则预示着她生命的短暂与命运的无奈。而“寒塘渡鹤影，冷月葬花魂”更是成为全诗的高潮，不仅展现了黛玉和湘云的才情，也暗示了她们各自悲凉的结局。

有评论认为，这首诗不仅是对中秋夜景的描绘，更是对金陵十二钗命运的总结。妙玉的续作试图将诗的调子从悲凉中“翻转过来”，但最终也未能改变命运的走向，反而更显凄凉。

这首诗通过联句的形式，将人物的情感与命运紧密相连，展现了曹雪芹对人物命运的深刻洞察和对贾府兴衰的深刻反思。

第七十八回

姽婳词三首

其　一（贾　兰）

姽婳将军林四娘，玉为肌骨铁为肠。
捐躯自报恒王后，此日青州土亦香！

其　二（贾　环）

红粉不知愁，将军意未休。
掩啼离绣幕，抱恨出青州。
自谓酬王德，讵能复寇仇？
谁题忠义墓，千古独风流！

其　三（贾宝玉）

恒王好武兼好色，遂教美女习骑射。
秾歌艳舞不成欢，列阵挽戈为自得。
眼前不见尘沙起，将军俏影红灯里。
叱咤时闻口舌香，霜矛雪剑娇难举。
丁香结子芙蓉绦，不系明珠系宝刀。
战罢夜阑心力怯，脂痕粉渍污鲛绡。
明年流寇走山东，强吞虎豹势如蜂。
王率天兵思剿灭，一战再战不成功。
腥风吹折陇头麦，日照旌旗虎帐空。

青山寂寂水澌澌，正是恒王战死时。
雨淋白骨血染草，月冷黄沙鬼守尸。
纷纷将士只保身，青州眼见皆灰尘。
不期忠义明闺阁，愤起恒王得意人。
恒王得意数谁行？就死将军林四娘。
号令秦姬驱赵女，艳李秾桃临战场。
绣鞍有泪春愁重，铁甲无声夜气凉。
胜负自然难预定，誓盟生死报前王。
贼势猖獗不可敌，柳折花残实可伤。
魂依城郭家乡近，马践胭脂骨髓香。
星驰时报入京师，谁家儿女不伤悲！
天子惊慌恨失守，此时文武皆垂首。
何事文武立朝纲，不及闺中林四娘？
我为四娘长太息，歌成余意尚傍徨！

解析

《姽婳词》是贾政命贾兰、贾环和贾宝玉所作吊祭林四娘的诗。这三首诗不仅展现了曹雪芹“按头制帽”的高妙语言文字功底，还通过意境和情感暗示了人物的命运和作者的政治观点。

贾兰的诗赞美了林四娘的忠义与勇敢，将她写成玉骨铁肠的将军，突出了她的高尚品质。从情节发展来看，贾兰的这首诗体现了他对忠义的推崇，也暗示了他未来可能走上的正统道路。贾环的诗则更多地体现了对林四娘命运的感慨，同时也暗示了他自身的性格特点。贾宝玉的诗最长，详细描绘了林四娘的英勇事迹和恒王的战败。这三首诗出现在贾府由盛转衰的时期，通过林四娘的故事，暗示了贾府未来的命运。

有评论认为，曹雪芹通过《姽婳词》展现了他政治观点上的矛盾，既不满封建制度，又为封建王朝的命运担忧。

芙蓉女儿诔（贾宝玉）

维太平不易之元，蓉桂竞芳之月，无可奈何之日，怡红院浊玉，谨以群花之蕊，冰鲛之縠，沁芳之泉，枫露之茗，四者虽微，聊以达诚申信，乃致祭于白帝宫中抚司秋艳芙蓉女儿之前曰：

窃思女儿自临浊世，迄今凡十有六载。其先之乡籍姓氏，湮沦而莫能考者久矣。而玉得于衾枕栉沐之间，栖息宴游之夕，亲昵狎亵，相与共处者，仅五年八月有奇。

忆女儿曩生之昔，其为质则金玉不足喻其贵；其为性则冰雪不足喻其洁；其为神则星日不足喻其精；其为貌则花月不足喻其色。姊妹悉慕媖娴，妪媪咸仰惠德。

孰料鸠鸩恶其高，鹰鸷翻遭罦罬（fú zhuó）；薋葹（cí shī）妒其臭（xiù），茝（chǎi）兰竟被芟钼（shān chú）！花原自怯，岂奈狂飙？柳本多愁，何禁骤雨？偶遭蛊虿之谗，遂抱膏肓之疚。故尔樱唇红褪，韵吐呻吟；杏脸香枯，色陈顑（kǎn）颔。诼谣謑诟，出自屏帏；荆棘蓬榛，蔓延户牖。岂招尤则替，实攘诟而终。既忳（tún）幽沉于不尽，复含罔屈于无穷。高标见嫉，闺帏恨比长沙；直烈遭危，巾帼惨于羽野。自蓄辛酸，谁怜夭折？仙云既散，芳趾难寻。洲迷聚窟，何来却死之香？海失灵槎，不获回生之药。

眉黛烟青，昨犹我画；指环玉冷，今倩谁温？鼎炉之剩药犹存，襟泪之余痕尚渍。镜分鸾别，愁开麝月之奁；梳化龙飞，哀折檀云之齿。委金钿于草莽，拾翠匐（è）于尘埃。楼空鳷（zhī）鹊，徒悬七夕之针；带断鸳鸯，谁续五丝之缕？

况乃金天属节，白帝司时；孤衾有梦，空室无人。桐阶月暗，芳魂与倩影同销；蓉帐香残，娇喘共细言皆绝。连天衰草，岂独蒹葭；匝地悲声，无非蟋蟀。露苔晚砌，穿帘不度寒砧；雨荔秋垣，隔院希闻怨笛。芳名未泯，檐前鹦鹉犹呼；艳质将亡，槛外海棠预老。捉迷屏后，莲瓣无声；斗草庭前，兰芳枉待。抛残绣线，银笺彩缕谁裁？褶断冰丝，金斗御香未熨。

昨承严命，既趋车而远涉芳园；今犯慈威，复拄杖而近抛孤柩。及闻槥棺被燹（xiǎn），惭违共穴之盟；石椁成灾，愧迨同灰之诮。

尔乃西风古寺，淹滞青燐，落日荒丘，零星白骨。楸榆飒飒，蓬艾萧萧。隔雾圹以啼猿，绕烟塍而泣鬼。自为红绡帐里，公子情深；始信黄土陇中，女儿命薄！汝南泪血，斑斑洒向西风；梓泽余衷，默默诉凭冷月。

呜呼！固鬼蜮之为灾，岂神灵而亦妒？箝诐奴之口，讨岂从宽？剖悍妇之心，忿犹未释！在君之尘缘虽浅，然玉之鄙意岂终！因蓄惓（quán）惓之思，不禁谆谆之问。

始知上帝垂旌，花宫待诏，生侪兰蕙，死辖芙蓉。听小婢之言，似涉无稽；据浊玉之思，则深为有据。何也？昔叶法善摄魂以撰碑，李长吉被诏而为记，事虽殊，其理则一也。故相物以配才，苟非其人，恶乃滥乎其位？始信上帝委托权衡，可谓至洽至协，庶不负其所秉赋也。因希其不昧之灵，或陟降于兹，特不揣鄙俗之词，有污慧听。乃歌而招之曰：

天何如是之苍苍兮，乘玉虬以游乎穹窿耶？
地何如是之茫茫兮，驾瑶象以降乎泉壤耶？
望伞盖之陆离兮，抑箕尾之光耶？
列羽葆而为前导兮，卫危虚于傍耶？
驱丰隆以为比从兮，望舒月以离耶？
听车轨而伊轧兮，御鸾鹥（yī）以征耶？
闻馥郁而薆（ài）然兮，纫蘅杜以为纕（xiāng）耶？
炫裙裾之烁烁兮，镂明月以为珰耶？

籍葳蕤而成坛畤兮，檠莲焰以烛兰膏耶？

文瓟瓠（bó hú）以为觯斝（zhì jiǎ）兮，洒醽醁（líng lù）以浮桂醑（xǔ）耶？

瞻云气而凝盼兮，仿佛有所觇耶？

俯窈窕而属耳兮，恍惚有所闻耶？

期汗漫而无夭阏（yān）兮，忍捐弃余于尘埃耶？

倩风廉之为余驱车兮，冀联辔而携归耶？

余中心为之慨然兮，徒噭（jiào）噭而何为耶？

君偃然而长寝兮，岂天运之变于斯耶？

既窀穸（zhūn xī）且安稳兮，反其真而复奚化耶？

余犹桎梏而悬附兮，灵格余以嗟来耶？

来兮止兮，君其来耶？

若夫鸿蒙而居，寂静以处，虽临于兹，余亦莫睹。搴烟萝而为步障，列枪蒲而森行伍。警柳眼之贪眠，释莲心之味苦。素女约于桂岩，宓妃迎于兰渚。弄玉吹笙，寒簧击敔（yǔ）。征嵩岳之妃，启骊山之姥。龟呈洛浦之灵，兽作咸池之舞。潜赤水兮龙吟，集珠林兮凤翥。爰格爰诚，匪簠（fǔ）匪筥（jǔ）。发轫乎霞城，还旌乎玄圃。既显微而若通，复氤氲而倏阻。离合兮烟云，空蒙兮雾雨。尘霾敛兮星高，溪山丽兮月午。何心意之忡忡，若寤寐之栩栩？余乃欷歔怅望，泣涕彷徨。人语兮寂历，天籁兮篔筜（yún dāng）。鸟惊散而飞，鱼唼喋（shà zhá）以响。志哀兮是祷，成礼兮期祥。呜呼哀哉！尚飨！

解析

这是贾宝玉为晴雯所作的祭文，也是全书最长的诗文作品。这篇祭文不仅文采飞扬、感情真挚，更通过丰富的意象和深刻的寓意，展现了曹雪芹对人物命运的深刻刻画和对封建礼教的批判。在《红楼梦》全部诗文中，这是表现作者政治态度最明显的一篇。通过这篇祭文，曹雪芹不仅为晴雯立传，更为那个时代的女性发声，表达了对封建制度的强烈不满和对自由人性的向往。

《芙蓉女儿诔》出现在贾府由盛转衰的时期，晴雯作为贾宝玉身边最亲近的丫鬟之一，她的死象征着贾府内部的动荡和衰败。祭文开篇便点明了晴雯的悲惨命运。“自为红绡帐里，公子情深；始信黄土陇中，女儿命薄”，写出晴雯虽与宝玉情谊深厚，但最终难逃夭折的悲惨结局。晴雯的死不仅是她个人的悲剧，也反映了封建礼教对人性的压迫。祭文中“高标见嫉，闺帏恨比长沙；直烈遭危，巾帼惨于羽野”等句，深刻地揭示了晴雯因性格刚烈、不屈服于封建礼教而遭受的迫害。

《芙蓉女儿诔》中多次提及“芙蓉”，而芙蓉花在《红楼梦》中多次与林黛玉相关联。红学家认为，作者通过祭奠晴雯，实际上也在暗示林黛玉的悲剧命运。脂评说，诔文“明是为与阿颦作谶”，“知虽诔晴雯，实乃诔黛玉也”。这从作者在小说中安排芙蓉花丛里出现黛玉影子、让宝黛做不吉祥的对话等情节中，也可以看得十分清楚。

第七十九回

紫菱洲歌（贾宝玉）

池塘一夜秋风冷，吹散芰荷红玉影。
蓼花菱叶不胜愁，重露繁霜压纤梗。
不闻永昼敲棋声，燕泥点点污棋枰。
古人惜别怜朋友，况我今当手足情。

解析

《紫菱洲歌》是贾宝玉因迎春出嫁而作的一首诗。这首诗不仅描绘了紫菱洲的秋日景象，更通过景物的描写，表现了迎春的悲惨命运和宝玉的无奈与惆怅。

这首诗出现在迎春被许配给孙绍祖并离开大观园之后。宝玉在紫菱洲徘徊，看到“轩窗寂寞，屏帐翛然”，心中充满了对迎春的不舍和担忧。诗中“池塘一夜秋风冷，吹散芰荷红玉影”以秋风中的荷花凋零比喻迎春的离去，暗示了她命运的凄凉。

迎春的婚姻是典型的“金闺花柳质，一载赴黄粱”。宝玉通过“蓼花菱叶不胜愁，重露繁霜压纤梗”表达了对迎春命运的同情和对封建礼教的批判。“不闻永昼敲棋声，燕泥点点污棋枰”不仅描绘了物是人非的凄凉，也暗示了宝玉对未来的无力感。有一些红学家指出，这首诗是《红楼梦》前八十回中最后一首具有“一喉两歌”性质的诗。

第八十五回

亲友庆贺贾政升官

花到正开蜂蝶闹，月逢十足海天宽。

解析

《亲友庆贺贾政升官》描绘了贾政升官后贾府车马填门的热闹景象。

这首诗出现在贾府由盛转衰的后期。贾政的升官与曹雪芹原著中对贾府命运的设定相悖。在原著中，贾元春曾警告贾政“退步抽身早”，暗示贾府将走向衰败。然而在续作中，贾政却官运亨通，这种改变被认为与原著的思想倾向不符。

有红学家指出，这首诗虽然作为喜庆语看似不错，但却缺少了原著中应有的讥刺意味，与原著中对贾府命运的暗示相矛盾，显得生硬，未能很好地融入原著的整体氛围。

第八十七回

与黛玉书并诗四章（薛宝钗）

妹生辰不偶，家运多艰，姊妹伶仃，萱亲衰迈。兼之猇（xiāo）声狺（yín）语，旦暮无休；更遭惨祸飞灾，不啻惊风密雨。夜深辗侧，愁绪何堪！属在同心，能不为之愍恻乎？回忆海棠结社，序属清秋；对菊持螯，同盟欢洽。犹记“孤标傲世偕谁隐，一样花开为底迟”之句，未尝不叹冷节遗芳，如吾两人也！感怀触绪，聊赋四章。匪曰无故呻吟，亦长歌当哭之意耳。

悲时序之递嬗兮，又属清秋。
感遭家之不造兮，独处离愁。
北堂有萱兮，何以忘忧？
无以解忧兮，我心咻咻！一解。
云凭凭兮秋风酸，
步中庭兮霜叶干。
何去何从兮失我故欢！
静言思之兮恻肺肝。二解。
惟鲔有潭兮，惟鹤有梁。
鳞甲潜伏兮，羽毛何长！
搔首问兮茫茫，
高天厚地兮，谁知余之永伤？三解。
银河耿耿兮寒气侵，
月色横斜兮玉漏沉。
忧心炳炳兮，发我哀吟。
吟复吟兮，寄我知音。四解。

解析

这是薛宝钗写给林黛玉的信及附诗，表达了宝钗对自身命运的感慨以及对黛玉的同情。

从情节发展来看，这首诗出现在薛蟠打死张三后，薛家贿赂官场得以脱罪的背景下。宝钗在信中提到“遭惨祸飞灾，不啻惊风密雨”，看似在诉说自己家族的困境，实则颠倒黑白，将自己置于受害者的位置。宝钗的这一作品被红学家批评为“思想贫乏”，且与她的性格不符，更多地反映了续作者的创作意图，而非曹雪芹的原意。

黛玉见帕伤感

失意人逢失意事，新啼痕间旧啼痕。

解析

《黛玉见帕伤感》是续作者补写的片段，描绘了林黛玉因看到旧手帕而触景生情，感怀旧事。

这两句诗出现在黛玉身体虚弱、情绪低落的时期。她看到宝玉曾经送她的旧手帕，上面还有自己题的诗，不禁回忆起与宝玉的往事，从而“触物伤情”。“新啼痕间旧啼痕”的描写，展现了黛玉多愁善感的性格特点。然而，续作者对这一情节的处理显得有些空泛，未能深入挖掘黛玉内心的复杂情感。

红学家认为，续作者试图通过这种“触物伤情”的方式，来营造一种悲凉的氛围，但这种描写显得较为表面化，缺乏原著中那种深刻的隐喻和暗示。

琴曲四章（林黛玉）

风萧萧兮秋气深，美人千里兮独沉吟。望故乡兮何处？倚栏杆兮涕沾襟。

山迢超兮水长，照轩窗兮明月光。耿耿不寐兮银河渺茫，罗衫怯怯兮风露凉。

子之遭兮不自由，予之遇兮多烦忧。之子与我兮心焉相投，思古人兮俾无尤。

人生斯世兮如轻尘，天上人间兮感夙因。感夙因兮不可惙，素心如何天上月！

解析

林黛玉在收到薛宝钗的信和诗后，以琴曲形式创作了这四章诗歌。这四章琴曲不仅展现了黛玉的才情，也表现了她对自身命运的感慨以及对宝钗和宝玉的复杂情感。

《琴曲四章》出现在黛玉与宝钗关系有所缓和的时期。黛玉通过琴曲表达了自己的内心感受，同时也回应了宝钗的诗。诗中“风萧萧兮秋气深，美人千里兮独沉吟”描绘了黛玉孤独的心境，而“望故乡兮何处？倚栏杆兮涕沾襟”则表现了她对未来的迷茫和对家乡的思念。

从人物命运来看，这四章琴曲反映了黛玉对自身命运的无奈与悲观。她深知自己在贾府中寄人篱下，也意识到与宝玉的感情之路充满坎坷。有红学家指出，此作品在风格上与宝钗的诗较为雷同，更多地体现了续作者的创作意图。

悟禅偈（贾惜春）

大造本无方，云何是应住？
既从空中来，应向空中去。

解析

《悟禅偈》是惜春在听说妙玉坐禅中了“邪魔”后，有感而发所作的一首偈子。这首偈子不仅反映了惜春对佛禅的理解，也暗示了她最终出家的命运。

《悟禅偈》出现在惜春对妙玉的遭遇表示叹息的场景中。她通过这首偈子表达了对尘世的看破和对佛门的向往。惜春在贾府衰败的过程中，逐渐看透了尘世的虚幻和家族的腐朽，最终选择剃度为尼。有评论认为，这首偈子反映了惜春对佛禅的领悟，也揭示了她与佛门的宿缘。

第八十九回

望江南·祝祭晴雯二首（贾宝玉）

随身伴，独自意绸缪。谁料风波平地起，顿教躯命即时休。孰与话轻柔？

东逝水，无复向西流。想象更无怀梦草，添衣还见翠云裘。脉脉使人愁！

解析

这是贾宝玉为悼念晴雯而作的两首词。宝玉看到晴雯补过的雀金裘，睹物思人，悲从中来，关上房门，点上香，摆上果品，默默祭奠晴雯。这两首词通过细腻的情感描写，表达了宝玉对晴雯的深切怀念和无尽哀思。这一情节不仅展现了宝玉对晴雯的深情，也反映了他内心的孤独与无助。

晴雯是宝玉身边最亲近的丫鬟之一，她的死对宝玉打击极大。第一首词暗示了晴雯因王夫人的猜忌而被赶出贾府，最终含冤而死。第二首词则表达了宝玉对晴雯的怀念和对命运的无奈。

红学家认为，这两首词虽然情感真挚，但在艺术价值上略显逊色。与《芙蓉女儿诔》相比，这两首词的命意和措辞显得较为平庸，未能达到曹雪芹原著的高度。

黛玉房内新写对联

绿窗明月在，青史古人空。

解析

《黛玉房内新写对联》是林黛玉在房内新写的一副对联。“绿窗明月在，青史古人空”出自唐代崔颢的《题沈隐侯八咏楼》，有红学家认为，这副对联虽然简短，却深刻地反映了黛玉的内心世界。通过对古人命运的感慨，黛玉表达了自己对未来的无奈和对命运的抗争。

赞黛玉

亭亭玉树临风立，冉冉香莲带露开。

解析

此时黛玉的身体已日渐虚弱，宝玉前来探望，黛玉的形象却依旧清丽动人。这两句诗描绘了黛玉的高雅与脆弱，展现了黛玉的美貌与气质。红学家认为，这种描写虽有美感，但语言略显平庸，且在情节发展至此，再从宝玉眼中描写黛玉，显得多余了。

黛玉照镜

瘦影正临春水照，卿须怜我我怜卿。

解析

这两句诗出现在黛玉身体日渐虚弱、情绪低落的时期。宝玉来看望她后，黛玉独自一人对着镜子发呆，感到孤独和无助。这种顾影自怜的情境，展现了黛玉的脆弱。这两句诗源于明代冯小青的故事，续作者直接引用，显得较为生硬。

第九十回

叹黛玉病

心病终须心药治，解铃还是系铃人。

解析

这是续作者描写林黛玉病中情景的诗词。此句出现在黛玉因误会宝玉已定亲而心灰意冷、病势沉重的情节中。黛玉听到雪雁与紫鹃的谈话，误以为宝玉已与他人订亲，心病发作，病情加重。后来得知是误会，心病也随之缓解。

据脂评，曹雪芹原稿中黛玉“泪尽”而逝在先，宝玉成亲在后，当然不会有续书中宝玉忽然痴呆等事。把黛玉疑心宝玉定了亲，或者知道宝玉将娶宝钗为妻，作为致她于死命的主要原因，并不是曹雪芹的原意。

感　怀（薛　蝌）

蛟龙失水似枯鱼，两地情怀感索居。
同在泥涂多受苦，不知何日向清虚！

解析

这首诗出现在邢岫烟因家境贫寒而寄居贾府的背景下。薛蝌作为她的未婚夫，同样处于困境之中，两人虽已定亲但尚未能成婚，因此薛蝌写下这首诗以抒发胸中的郁闷。

薛蝌和邢岫烟都面临着寄人篱下的困境，薛蝌虽有才华却无施展之地，邢岫烟则因家境贫寒而备受冷眼。红学家认为，这首诗不仅反映了薛蝌的性格特点，还通过对比夏金桂等人的淫邪，突出了邢岫烟的温厚与安贫守分。此外，这首诗与贾雨村的抱负诗形成鲜明对比，体现了原作者与续作者在思想上的差异。

第九十一回

答黛玉禅话（贾宝玉）

禅心已作沾泥絮，莫向春风舞鹧鸪。

解析

这一回的回目是“纵淫心宝蟾工设计 布疑阵宝玉妄谈禅”。在这一回中，宝玉与黛玉的对话从日常琐事逐渐转向禅机的探讨。黛玉以禅语试探宝玉，宝玉则以禅语回应，展现了两人之间复杂而深刻的情感。续作者以“禅心已作沾泥絮”暗示了宝玉最终出家的命运。

第九十三回

荐包勇与贾政书（甄应嘉）

世交夙好，气谊素敦，遥仰襜帷，不胜依切！弟因菲材获谴，自分万死难偿，幸邀宽宥，待罪边隅。迄今门户凋零，家人星散。所有奴子包勇，向曾使用，虽无奇技，人尚悫（què）实。倘使得备奔走，糊口有资，屋乌之爱，感佩无涯矣！专此奉达，余容再叙。不宣。

解析

这封信出现在贾府逐渐走向衰败的时期。甄宝王之父甄应嘉因获罪被贬往边地，家道中落，他写信给贾政推荐家仆包勇。甄应嘉的信不仅反映了他自身的困境，也暗示了贾府未来的命运。包勇的到来虽然为贾府带来了一些帮助，但无法改变贾府整体衰败的趋势。有评论指出，这封信虽然在形式上符合官场书信的规范，但与曹雪芹在《上贾妃启》中展现出的讽刺和深刻描写相比，显得较为平淡，艺术价值大为逊色。

匿名揭帖儿

“西贝草斤”年纪轻，水月庵里管尼僧。
一个男人多少女，窝娼聚赌是陶情。
不肖子弟来办事，荣国府内好声名！

解析

这张匿名揭帖儿不仅揭发了贾芹在水月庵中的丑行，还暗示了贾府内部的腐败和道德败坏。贾政看到揭帖后气得发昏，这进一步加剧了贾府内部的紧张局势。贾芹作为贾府中的不肖子弟之一，其行为代表了贾府内部的腐朽和堕落。揭帖中“西贝草斤”是“贾芹”的拆字，这种拆字法模仿了古代谣谚的形式，但并不完全成功。

第九十四回

赏海棠花妖诗三首

其　一（贾宝玉）

海棠何事忽摧隤？今日繁花为底开？
应是北堂增寿考，一阳旋复占先梅。

其　二（贾　环）

草木逢春当茁芽，海棠未发候偏差。

人间奇事知多少，冬月开花独我家。

其　三（贾　兰）

烟凝媚色春前萎，霜浥微红雪后开。
莫道此花知识浅，欣荣预佐合欢杯。

解析

这三首诗出现在贾府海棠花在冬季突然开放的奇怪现象之后，贾赦等人认为这是不祥之兆，而贾母欢喜，因而宝玉等人作诗以示庆祝。八十回之前，曹雪芹让海棠在晴雯死时枯萎了，这象征着大观园女儿的命运。这一回中，海棠花在冬季开放，象征着贾府的“回光返照”。有评论认为，此三首诗表现出续书者维护封建制度和封建大家庭利益的主观愿望。

第九十五回

寻玉乩书

噫！来无迹，去无踪，青埂峰下倚古松。欲追寻，山万重，入我门来一笑逢。

解析

这是贾府为寻找丢失的通灵宝玉而请妙玉扶乩时所作的乩书。通灵宝玉的丢失象征着贾宝玉命运的转折。宝玉因丢失玉而精神恍惚，这一情节也暗示了贾府的动荡不安。

在曹雪芹的原稿中，宝玉也有失玉的事，但情况应与续书所写不一样。

第九十八回

叹黛玉死

香魂一缕随风散，愁绪三更入梦遥！

解析

这是续作者对林黛玉之死的描写。林黛玉在贾宝玉与薛宝钗成婚之际凄惨地离世。黛玉的死是她一生悲剧的终结。有评论认为，续作者对黛玉之死的描写虽有不足之处，显得过于俗套，但总体上仍能体现出黛玉的悲剧性格和命运。

第九十九回

与贾政议探春婚事书（周　琼）

金陵契好，桑梓情深。昨岁供职来都，窃喜常依座右；仰蒙雅爱，许结朱陈，至今佩德勿谖。只因调任海疆，未敢造次奉求，衷怀歉仄，自叹无缘。今幸棨戟遥临，快慰平生之愿；正申燕贺，先蒙翰教，边帐光生，武夫额手；虽隔重洋，尚叨樾荫。想蒙不弃卑寒，希望茑萝之附；小儿已承青盼，淑媛素仰芳仪。如蒙践诺，即遣冰人。途路虽遥，一水可通；不敢云百辆之迎，敬备仙舟以俟。兹修寸幅，恭贺升祺，并求金允。临颖不胜待命之至！

解析

周琼与贾政是同乡旧识，过去曾提及儿女婚事，此次周琼调任海疆后，主动写信商议探春的婚事。贾政因对方是上级的亲戚，便答应了这门亲事。有评论指出，这种骈四俪六的客套话，虽有文采，但正是曹雪芹所最讨厌的，缺乏曹雪芹原著中对人物命运的深刻描写。

第一零一回

散花寺签

王熙凤衣锦还乡
去国离乡二十年，于今衣锦返家园。
蜂采百花成蜜后，为谁辛苦为谁甜？
行人至，音信迟，讼宜和，婚再议。

解析

这一回中，王熙凤因在大观园遇鬼而前往散花寺求签祈福，抽到这支签。小说中说此签是“上上大吉”，实际上，续作者以签中的“去国离乡二十年，于今衣锦返家园”暗示了王熙凤死后尸骨返回金陵，而“蜂采百花成蜜后，为谁辛苦为谁甜”暗示了王熙凤虽然机关算尽，但最终却无法享受成果。整个签语设计较为生硬浅陋，反映了续作者的水平有限。

第一零八回

骰子酒令四首

其　一（四“幺”）

商山四皓。（鸳鸯）

临老入花丛。（薛姨妈）
将谓偷闲学少年。（贾母）

其　二（四“二”）

刘阮入天台。（鸳鸯）
二士入桃源。（李纹）
寻得桃源好避秦。（李纨）

其　三（二“二”二“三”）

江燕引雏。（鸳鸯）
公领孙。（贾母）
闲看儿童捉柳花。（李绮）

其　四（二“二”二“五”）

浪扫浮萍。（鸳鸯）
秋鱼入菱窠。（贾母）
白萍吟尽楚江秋。（湘云）

解析

这是贾母为婚后的薛宝钗举办的生日酒席上所行的酒令。这次酒令由鸳鸯主持，将三张牙牌改为四个骰子，参与者需依次说出骰子名、曲牌名和《千家诗》中的诗句。此时贾府已被抄家，家道中落，但贾母仍试图通过举办生日酒席来维持表面的热闹，暗示了贾母等老一辈人试图在动荡中寻找片刻的安宁。有评论认为，这些酒令在情节上显得有些松散，更多的是在卖弄赌博知识。

第一一六回

重游幻境所见联额三副

真如福地

假去真来真胜假，无原有是有非无。

福善祸淫

过去未来，莫谓智贤能打破；
前因后果，须知亲近不相逢。

引觉情痴

喜笑悲哀都是假，贪求思慕总因痴。

解析

这是贾宝玉在魂魄出窍后重游太虚幻境时所见的三副对联。内容针对第五回中的“太虚幻境对联”“孽海情天对联”和“薄命司对联”而拟。有专家认为，这些对联虽然在形式上延续了原著的风格，但在思想深度上有所欠缺。它们更多地体现了续作者对情节的推进，而非对人物命运的深刻刻画。尤其是把《红楼梦》篡改成十分庸俗的“福善祸淫”的劝世文，大大歪曲了小说的本意。

第一一九回

离家赴考赞

走来名利无双地，打出樊笼第一关。

解析

这一回中，贾宝玉和贾兰一同赴考。诗中的“名利无双地”象征着科举考场，而“打出樊笼第一关”则暗示了宝玉试图通过科举考试来摆脱世俗的束缚，最终走向解脱。这首赞语虽然表达了宝玉对世俗功名的超脱，但这种超脱更多是自欺欺人之谈。续作者试图通过赴考这一情节来为宝玉的出家铺垫，但这种处理显得很牵强。

第一二零回

离尘歌

我所居兮，青埂之峰。
我所游兮，鸿蒙太空。
谁与我逝兮，吾谁与从？
渺渺茫茫兮，归彼大荒！

解析

在这一回中，贾政在送贾母灵柩回南方原籍的途中，得知宝玉中举后失踪的消息。贾政在昆陵驿遇到披着大红猩猩毡斗篷的宝玉，宝玉向他倒身下拜，随后被一僧一道挟持而去。此时，三人中不知谁唱起了这首歌。

有专家指出，这首歌虽然表达了宝玉的出家决心，但其描写方式与原著中宝玉的性格和曹雪芹的本意有所出入。鲁迅也认为，续作中宝玉出家的描写虽与曹雪芹的本意不完全相悖，但在细节上存在不足。

咏桃花庙句（清·邓汉仪）

千古艰难惟一死，伤心岂独息夫人！

解析

这首诗出现在宝玉出家后，袭人嫁给蒋玉菡的情节中。袭人原应在宝玉贫困之前就出嫁，但续作者改为在宝玉出家后才嫁给蒋玉菡。续作者从封建“贞烈观”出发，引用这两句诗，对袭人未能为宝玉守节表示遗憾。这种描写更多地反映了续作者的封建观念，而非曹雪芹原意。

顽石重归青埂峰

天外书传天外事，两番人作一番人。

解析

在这一回中，一僧一道将通灵宝玉重新安放在青埂峰下，象征着宝玉从尘世的历练中回归本源。诗中的“天外书传天外事”呼应了原著开头的《石上偈》，强调了这部作品的“天外”来历。而“两番人作一番人”则暗示了顽石在仙界与尘世的不同身份最终合二为一。有专家认为，这两句诗虽然与原著开头的《石上偈》形成了呼应，但在句法上显得生造硬凑，缺乏曹雪芹原著的深刻内涵。

结红楼梦偈

说到辛酸处，荒唐愈可悲。
由来同一梦，休笑世人痴！

解析

这首偈子出现在全书的结尾，空空道人看到通灵宝玉上的文字后，感叹这部作品的荒唐与辛酸。偈子中的“说到辛酸处，荒唐愈可悲”呼应了曹雪芹《自题一绝》中的“满纸荒唐言，一把辛酸泪”，表达了对书中人物命运的感慨。诗中的“由来同一梦，休笑世人痴”暗示了人生如梦的主题，但这种观点与曹雪芹原著中对“痴”的批判有所出入。曹雪芹所批判的“痴”是指世人对功名富贵的执着，而续作者却将这种“痴”与作者的“痴”等同起来。